열네 살에 읽는
사기열전

열네 살에 읽는 사기열전

초판 1쇄 발행 2013년 4월 22일
초판 9쇄 발행 2025년 5월 1일

지은이 | 사마천
옮기고 쓴 이 | 전호근
디자인 | 이석운
삽화 | 정재국

펴낸이 | 박숙희
펴낸곳 | 메멘토
신고 | 2012년 2월 8일 제25100-2012-32호
주소 | 서울시 은평구 연서로26길 9-3(대조동) 동양오피스텔 301호
전화 | 070-8256-1543 팩스 | 0505-330-1543
이메일 | memento@mementopub.kr

ISBN 978-89-98614-01-0 (43820)

이 도서의 국립중앙도서관 출판시도서목록(CIP)은 서지정보유통지원시스템 홈페이지(http://seoji.nl.go.kr)와 국가자료공동목록시스템(http://www.nl.go.kr/kolisnet)에서 이용하실 수 있습니다. (CIP제어번호 : CIP2013005212)

열네 살에 읽는
사기열전

전호근 옮기고 씀

메멘토

2011년 연말에 선을 보였던『열네 살에 읽는 사기열전』이 개정판으로 다시 세상에 나오게 되었다. 사마천의『사기열전』은 세상에 나온 지 2,000년도 더 된 헌책 중의 헌책이다. 오랜 세월을 견딘『사기열전』을 보면 사마천이 참으로 역사를 길게 보는 안목을 가진 인물이다 싶다. 미래에 자신을 알아줄 이를 기다리며 과거를 기록함으로써 우리에게 수천 년을 관통하는 가치가 무엇인지 알려주었으니 말이다. 더욱이 그는 강직한 언행으로 죄를 얻어 궁형을 당하는 치욕을 감수하지 않았던가. 그가 빚어낸 작품『사기열전』은 그래서 더욱 빛난다.

『열네 살에 읽는 사기열전』은 사마천이 전하고자 한 이야기 가운데 이 시대의 청소년들에게 꼭 필요하다 싶은 내용을 가려 뽑아 번역을 하고, 두 아이와 함께 각 열전의 내용을 음미하는 대화를 실은 책이다. 출간된 지 그리 오래지 않은 이 책이 새로운 모습으로 나올 수 있게 된 것은 읽는 이들의 사랑을 받았기 때문이라고 생각한다. 독자들에게 감사드린다.

2013년 5월

전호근

끝도 없는 사람들 이야기에서
역사가 보인다

초등학교에 들어가기 전, 나는 그 시절 아이들이 으레 그랬던 것처럼 할머니가 들려주는 옛날이야기를 들으면서 자랐다. 지금 돌이켜보면 그렇게 재미있는 이야기도 아니었지만 라디오도 한 대 없던 시골에서 할머니의 이야기를 듣는 것은 심심한 하루를 재미있게 보내는 유일한 방법이었다. 할머니 이야기는 끝이 없었는데, 도대체 어떻게 그 많은 이야기를 술술 풀어놓았는지 지금도 신기할 따름이다.

할머니가 들려준 이야기에는 '팥죽 할머니'나 '콩쥐 팥쥐'처럼 잘 알려진 전래동화가 없었던 것은 아니지만 대부분은 근거 없는 이야기로, 할머니가 그때그때 지어냈던 것 같다. 특히 범은 거의 날마다 빠지지 않고 등장했다. 효자를 태워다 준 착한 범도 있었지만 대체로 사람을 잡아먹는 무서운 범이 많았다. 줄거리는 거의 비슷비슷했다. 어디어디에 어떤 사람이 살았는데 어느 날 범이 와서 물어 갔다는 식이었다. 아마도 범을 좋아하는 손자 녀석 마음을 헤아린 할머니의 다정한 배려였으리라. 같은 이야기인데도 날마다 마음을 졸이며 들었다.

할머니의 이야기는 아버지가 라디오를 집에 가져오면서 끝이 났다.

그런데 상황이 역전되었다. 내가 학교에 들어가 한글을 익히자 할머니는 나에게 책을 읽어 달라고 했다. 불경이었다. 가끔씩 스님을 불러 제를 지낼 만큼 독실한 불교신자였던 할머니는 불경을 외고 싶어 했다. 하지만 글자를 모르는 '까막눈'이어서 내 도움이 필요했다. 할머니처럼 이야기를 지어낼 순 없었지만 나는 할머니에게 들은 만큼 많은 이야기를 돌려 드리게 되었다.

우리 둘은 밤이면 등잔불 아래서 책을 펴놓고 읽기 시작했다.

내가 불경을 보고

"나무대세지보살 마하살" 하면

할머니도 따라서

"나무대세지보살 마하살" 했고,

내가 또

"나무천수보살 마하살" 하면

할머니도 따라서

"나무천수보살 마하살"

……

이런 식으로 하루하루가 갔다. 할머니는 그렇게 반야심경이나 천수경, 금강경을 모두 외웠다.

지금도 내 마음 한구석엔 그 구절들이 할머니 목소리로 남아 있다.

내가 『사기』를 처음 읽은 건 고등학생 때였다. 뭐라 말로 표현 못할 만큼 재미가 있어서 정신없이 빠져들었다. 할머니 이야기를 들으며 침을 꼴깍 삼키던 어린 시절의 내 마음이 고스란히 되살아 난 것이다. 그리고 동양철학을 전공하면서 『사기』를 다시 만났다. 또 할머니가 생각났다.

어느 철학자가 말한 것처럼 사람은 누구나 태어나서 살다가 죽 는다. 아마도 사람의 일생이란 게 크게 보면 할머니가 들려주던 이야기의 줄거리처럼 거의 비슷하기 때문에 그렇게 말했을 것이 다. 하지만 사는 동안 어떻게 살았느냐에 따라 각양각색의 이야기 가 만들어진다. 역사란 것도 따지고 보면 그런 다양한 사람의 이 야기가 이렇게 얽히고 저렇게 얽혀서 이루어진 것이다. 한 사람의 일생이 커다란 역사를 어떻게 엮어 가는지, 할머니와 사마천은 똑 같이 내게 가르쳐 주었다.

『사기열전』에는 참으로 다양한 인물이 등장한다. 세상을 위해 큰 공을 세우는 영웅호걸이 나타나는가 하면 작은 일에 목숨을 거는 졸장부들이 있고, 위대한 사상가와 웅변가가 나오는가 하면 하찮은 말재주로 남을 속이는 사기꾼들도 등장하고, 문인이 있는가 하면 장군과 병법가가 있고, 유학자가 있는가 하면 자객이나 협객이 있고, 절의를 숭상했던 충신이 있는가 하면 간신이나 돈을 벌어 치부(致富)한 부자도 등장한다.

그래서 『사기』를 읽다 보면 지배자나 위대한 인물들뿐만 아니라 하층민이나 하찮은 사람들까지도 약동하며 역사에 참여하고 있다는 사실이 자연스레 드러난다. 역사는 군주나 뛰어난 장수 혹은 권력자 같은 주역만으로 이루어지는 것이 아니라, 무대 뒤편의 조연이나 힘없고 천한 자가 같이 어울려 형성하는 것이다. 사마천은 하고 싶은 말은 꼭 하는 사람인지라, 비천한 신분이었던 진섭의 입을 빌려 "왕과 제후, 장군과 재상의 씨가 어찌 따로 있겠는가!"라는 말을 남겼다. 애초에 운명적으로 결정된 역사의 주역이 따로 있는 것은 아니며 등장하는 인물 한 사람 한 사람이 모두 역사의 주인공이라는 것이다.

이 책은 지금부터 2,000년도 더 된 옛이야기로 사마천이 없었더라면 세상에 전해지지 못했을 수많은 사람들의 이야기를 담고 있다. 나는 사마천이 들려주고 보여 주는 '역사'가 참으로 재미있어서 이 책을 선뜻 쓰게 되었다. 거기에 더해서, 할머니 이야기를 들으며 세상에 눈을 뜨고 이야기의 재미를 알게 된 손자의 마음도 담고 싶었다.

할머니의 손자는 이제 두 아이의 아버지가 되었다. 그리고 두 아이는 이 책에서 나의 대화 상대가 되어 주었다. 원고를 쓸 무렵, 아이들은 각각 열일곱 살과 열네 살의 고등학생과 중학생이었다. 더 이상 옛날이야기를 들려줄 할머니가 안 계신 지금, 나는 할머니를 대신해서 아이들과 대화하면서 이 책을 썼다. 아이들과 나눈 대화는 할머니의 이야기를 듣던 것만큼이나 나에게 귀한 경험이었다. 할머니가 내 마음을 어루만지듯 아이들 마음을 헤아리고 싶었지만 깜깜할 때도 많았다. 덕분에 사람 마음에 이야기를 들여놓는다는 게 참으로 어려운 일이라는 것도 배웠다. 아이들이 이 책을 읽으면서 이야기의 참맛을 느낀다면 기쁘겠다. 할머니 또한 무척이나 기뻐하실 것이다.

2011년 11월

전호근

| 차 례 |

의로운 선비

「백이 열전」

말세에 세상 사람들은 모두 이익만을 좇았으나 오직 백이와 숙제만
은 의리를 지켰다. 임금 자리도 양보하고 굶어 죽으니 모든 사람들
이 입을 모아 칭송했다. 그래서 「백이 열전」을 지었다.

– 「태사공 자서」[*]

굶어 죽은 의인(義人)

일찍이 공자는 "백이와 숙제는 사람들의 지난 허물을 오랫동안 마음에 넣어 두지 않았기 때문에 사람을 원망하는 일이 없었다. 사람 사랑하는 도리, 곧 인(仁)을 구하는 삶을 살고자 했고, 결국 그것을 얻었으니 무엇을 원망하겠는가." 하고 말했다. 그러나 나는 백이의 뜻을 슬퍼한다. 더구나 그들이 남긴 시를 보면 공자의 말과 다른 점이 있다.

전해 오는 기록에 따르면 백이와 숙제는 모두 고죽국이라는 작은 나라를 다스리던 임금의 아들이었다. 평소 아버지는 셋째였던 숙제에게 임금 자리를 물려주려 했다. 그런데 아버지가 죽고 나자 숙제는 맏형인 백이에게 임금 자리를 양보하였다. 그러나 백이는 "아버지의 명령을 따라야 한다."라고 말하고는 도망쳐 버렸다. 그러자 숙제 또한 임금이 되려 하지 않고 달아나 버렸다. 고죽국 사람들은 할 수 없이 둘째 아들을 임금으로 세웠다.

* **「태사공 자서」** : 『사기』 총 130권의 마지막 편으로, 사마천이 태사 벼슬을 한 데서 유래한 이름이다. 사마천의 청년 시절, 부친의 죽음과 그의 유언을 받은 과정, 사마천이 치욕스러운 궁형을 받으면서까지 글을 쓴 동기 등 『사기』 전편에 대한 설명으로 구성되어 있다.

그 뒤 백이와 숙제는 주나라의 문왕이 늙은이들을 잘 공경한다는 말을 듣고 그 밑으로 가서 살려고 했다. 그런데 그곳에 가 보니 문왕은 이미 세상을 떠나고, 그의 아들 무왕이 은나라의 주왕을 정벌하려 하고 있었다. 백이와 숙제는 무왕이 탄 말을 막아서며 이렇게 말했다.

"아버지이신 문왕이 돌아가시고 아직 장례도 치르지 않았는데 전쟁을 일으킨다면 효자라고 할 수 있겠습니까. 게다가 신하로서 임금을 죽이려 하니 어진 일이라 할 수 있겠습니까."

이때 무왕 주변에 있던 사람들이 모두 두 사람을 해치려 했으나 무왕의 신하로서 '강태공'으로 유명한 사람이 나섰다. 그는 백이와 숙제를 의로운 사람들이라고 하며 무사히 떠나도록 해 주었다.

이윽고 주나라 무왕이 은나라를 정복하고 난 뒤 천하는 주나라를 종주국(제후국들을 다스리는 우두머리 나라)으로 섬기게 되었다. 백이와 숙제는 그것을 부끄럽게 여겨, 주나라의 곡식을 먹지 않고 수양산에 숨어 고사리를 캐 먹으면서 이렇게 노래했다.

저 서산에 올라 고사리를 캐노라.

폭력을 폭력으로 바꾸고서도 잘못된 줄 모르는구나.

신농씨와 우나라, 하나라는 어느덧 사라졌으니

내 돌아갈 곳이 어디인가.

아! 이제 떠나야겠구나. 목숨도 이미 다했구나!

그러고는 결국 수양산에서 굶어 죽었다. 공자는 백이와 숙제가 아무 원망도 없다 했지만, 이 슬픈 노래를 보면 그들이 원망하지 않았다고는 말할 수 없을 것 같다.

하늘은 정말 착한 사람을 돕는가

사람들은 말하기를, 하늘의 도리〔天道〕는 사람을 치우침이 없이 공평하게 사랑하기 때문에 늘 착한 사람에게 복을 내려 준다고 한다.

그렇다면 백이와 숙제 같은 이는 과연 착한 사람이었다고 할 수 있는가. 인덕을 쌓고 깨끗하게 행동했는데도 결국 굶어 죽었으니 말이다. 또 공자는 70명의 제자 중에 유독 안연을 가리켜, 배우기를 좋아하고 성품이 훌륭하다고 칭찬하였다. 그런데 막상 안연은 쌀독이 자주 빌 만큼 가난해서, 지게미(술을 걸러 떠내고 남은 찌꺼기)나 쌀겨조차 배불리 먹지 못하다가 끝내 일찍 죽고 말았다. 하늘이 착한 사람에게 내려 준다는 복이 도대체 이런 것인가.

그런가 하면 도척이란 자는 날마다 죄 없는 사람을 죽이고, 사람의 간을 회로 쳐서 먹는 등 포악한 짓을 저지르면서 수천 명의 무리를 모아 천하를 휘젓고 다녔다. 그렇지만 천수(타고난 수명)를 누리며 오래오래 잘 먹고 잘 살았다. 이런 결과는 대체 무슨 덕을 따라서 그런 것인가.

오늘날에도 마찬가지다. 행실이 나쁘고 거리낌 없이 못된 짓을 저지르고서도 죽을 때까지 편안하고 즐겁게 살 뿐 아니라, 자손 대대로 부유하게 사는 경우가 많기 때문이다. 반대로 어쩌다 작은 생물이라도 해칠까 봐 땅조차 가려 밟으며, 말을 조심하며 때를 살핀 뒤에야 비로소 입을 열고, 길을 갈 때도 지름길로 다니지 않으며, 공정한 일이 아니면 나서지 않는 사람들이 도리어 재앙을 당하는 경우가 헤아릴 수 없이 많다. 그렇다면 의심하지 않을 수 없다. 도대체 천도란 옳은가 그른가.

공자는 일찍이 "추구하는 도가 같지 않으면 함께 일하지 않는 다."라고 했다. 이 말은 사람들이 각자 자기의 뜻에 따라 사는 것 이 옳다는 것을 의미한다. 그 때문에 공자는 "만약 부유해질 수 있 다면, 비록 채찍을 잡는 마부 일이라도 기꺼이 하겠다. 그렇지만 부유해지는 게 내 몫이 아니라면 나는 내가 좋아하는 것을 따르겠 다."라고 한 것이다. 또 공자는 "날씨가 추워진 뒤에야 비로소 소 나무와 잣나무가 늦게 시든다는 것을 알 수 있다."라고 했는데, 이 는 온 세상이 어지러워진 뒤에야 비로소 깨끗한 선비가 드러난다 는 것을 가리킨 말이다. 그것은 아마도 깨끗한 선비는 세상 사람 들이 그토록 중시하는 부귀를 매우 하찮게 여기기 때문이 아닐까.

공자는 "군자는 세상에서 사라진 뒤에 이름이 일컬어지지 않는 것을 싫어한다."라고 했다. 한나라의 가의도 "탐욕스런 자는 재물에 목숨을 걸고, 의로운 사람은 명예에 목숨을 걸고, 과시를 좋아하는 자는 권세에 목숨을 걸고, 보통 사람들은 그저 목숨을 부지하려 한다."라고 했다.

모름지기 같은 종류의 빛은 서로를 비춰 주고, 같은 종류의 사물은 서로를 찾기 마련이다. 그래서 '구름은 용을 따르고, 바람은 범을 따르며, 성인이 일어나면 만물이 제 모습을 드러낸다.'고 한다. 이는 훌륭한 인물이 세상에 나오면 그를 알아주는 사람들이 따른다는 뜻이다. 백이와 숙제는 비록 어진 사람이었지만 공자가 알아주었기에 이름이 더욱 밝게 드러났고, 안연이 배움을 성실히 했지만 공자라는 천리마(하루에 천 리를 달릴 수 있을 정도로 좋은 말)의 꼬리에 붙어 있었기에 행실이 더욱 빛났다.

그러나 산림에 숨어 사는 훌륭한 선비 가운데는 그 이름이 묻혀 칭송받지 못하는 경우가 많으니, 슬픈 일이다! 촌구석에 묻혀 사는 사람이 행실을 곧게 닦아 이름을 떨치려 해도, 뛰어난 선비가 그를 알아주지 아니하면 어찌 후세에 이름을 전할 수 있겠는가.

올바르게 살아야 하는 이유

성우: 『사기열전』은 뭐고, 「백이 열전」은 또 뭐예요? 우리가 지금 보고 있는 책은 『사기』가 아닌가요?

아빠: 『사기』는 중국 고대의 역사학자 사마천이 쓴 역사책이야. 이 책은 여러 부분으로 나뉘는데, 그 가운데 역사에 남을 만한 사람들에 대해 기록한 게 바로 『사기열전』이란다. 열전 맨 처음에 「백이 열전」이 나오지. 백이와 숙제는 그만큼 중요한 인물이라고 할 수 있어.

성은: 주인공이 굶어 죽다니 너무 허무해요. 게다가 그렇게 훌륭한 사람이 말이에요.

아빠: 그렇지? 사마천도 바로 그런 이야기를 하고 있지. "사람들이 말하길, 착한 사람에게 복을 내려 주는 게 하늘의 도리라고 한다. 그런데 백이와 숙제는 그처럼 인덕을 쌓고 깨끗하게 행동하고도 결국 굶어 죽었다. 그러니 나는 의심하지 않을 수

없다. 도대체 천도란 옳은가, 그른가." 이렇게 말이야. 그런데 백이와 숙제는 비록 굶어 죽었지만 많은 사람들로부터 의로운 사람이라는 칭송을 받았으니 허무하다고 할 수는 없지 않을까?

성우 : 사람은 죽어서 이름을 남긴다고도 하잖아요. 백이와 숙제는 이름을 남겼으니 허무하다고 할 수 없겠죠. 또 결국 공자 같이 훌륭한 분이 알아봐 주었잖아요. 그래서 우리도 그들을 알게 되었고요. 그게 바로 하늘의 도리라는 생각도 드네요.

아빠 : 그래, 죽은 지 오래된 사람에 대한 평가가 높다는 것은 그 사람이 정말 훌륭했다는 것을 말해 주는 경우가 많지. 죽은 다음에야말로 그 사람을 공정하게 평가할 수 있을 테니까.

성은 : 그런데 백이와 숙제같이 뜻이 바르고 훌륭한 사람이 오히려 왕이 되어 나라를 다스리는 게 옳지 않나요? 그렇게 훌륭한 사람이 산에 숨어 살았다니 안타까운 생각이 들어요. 한편으로는, 자신들만 깨끗하게 살기 위해 세상에 대한 책임을 다하지 않았다는 생각도 들어요.

성우 : 그들은 세상이 올바르다고 생각하지 않았기 때문에 산

에서 산 거야. 세상이 올바르다면 백이와 숙제도 나와서 벼슬을 했겠지.

성은: 세상이 올바르지 않다면 더더욱 세상으로 나와서 세상을 바꾸기 위해 노력해야 하지 않을까? 나는 백이와 숙제처럼 사는 것은 옳지 않다고 생각해.

성우: 거기까진 생각을 못했네. 그런데 아빠, 백이와 숙제처럼 훌륭한 사람이 도리어 어려움을 겪는 경우는 요즘도 많은 것 같아요. 그러니 자기가 희생하면서까지 훌륭한 일을 할 필요는 없지 않나요?

아빠: 올바른 일을 해야 하는 까닭은 그에 따르는 대가가 있기 때문이 아니라, 그렇게 하는 것이 옳기 때문이야. 물론 바람직한 사회는 올바른 행동을 한 사람이 정당한 대가를 누리는 사회겠지. 그렇지만 대가를 바라고 올바르게 행동하는 것은 아니야. 사람들이 백이와 숙제를 칭찬하는 까닭도 그들이 아무런 대가를 바라지 않았기 때문이 아닐까? 공자가 그들이 원망하지 않았다고 확신한 것도 아마 그런 이유 때문일 거야.

나를 알아주는 이는 누구인가

「관이오·안영 열전」

안영은 검소했고 관이오는 사치했다. 제나라 환공은 관이오를 써서 세상을 손에 쥐었고, 제나라 경공은 안영을 등용하여 화평한 세상을 이룩했다. 그래서 「관이오·안영 열전」을 지었다.

— 「태사공 자서」

관중과 포숙의 사귐

관중은 자(字: 이름 대신 부르기 위해 지은 별명)가 '중(仲)'이고 이름이 '이오(夷吾)'이다. 젊은 시절에는 늘 포숙과 함께 놀았는데, 포숙은 그가 뛰어난 인물이라는 것을 알아보았다. 관중은 가난했기 때문에 늘 포숙을 속였으나 포숙은 끝까지 그를 잘 대해 주었고, 뭐라고 나무라는 일이 없었다.

뒷날 포숙은 제나라 공자 소백을 섬겼고, 관중은 공자 규를 섬겼다. 소백이 즉위해서 임금이 되었는데, 그가 바로 제나라 환공이다. 환공이 공자 규를 죽였을 때, 관중은 사로잡힌 몸이 되었다. 이때 포숙이 환공에게 관중을 등용하라고 권하여, 관중은 마침내 제나라의 나랏일을 맡게 되었다. 환공은 천하를 손에 넣고는, 여러 차례에 걸쳐 제후(황제를 대신해 일정한 지역을 맡아 다스리는 왕)들의 세력을 모아 천하를 바로잡았는데, 이는 관중의 지혜와 지략에 힘입은 것이었다.

관중은 이렇게 말했다.

내가 예전에 가난했을 때 포숙과 함께 장사를 한 적이 있다. 이익을 나눌 때마다 내가 더 많이 차지하였지만, 포숙은 나를 탐욕스럽다고 비난하지 않았다. 내가 가난한 줄 알고 있었기 때문이다. 또 내가 포숙을 위해 사업을 벌였다가 실패하여 다시 가난해졌을 때도 포숙은 나를 어리석다고 탓하지 않았다. 이로운 때가 있으면 불리한 때도 있는 줄 알았기 때문이다. 또 내가 세 번 벼슬했다가 세 번 다 쫓겨났지만 포숙은 나를 못났다고 나무라지 않았다. 내가 좋은 때를 만나지 못했음을 알았기 때문이다. 게다가 나는 세 번 전쟁에 나갔다가 세 번 다 도망쳤지만 포숙은 나를 겁쟁이라고 비웃지 않았다. 내게 늙은 어머니가 계신 줄 알았기 때문이다. 공자 규가 싸움에서 졌을 때 함께 그를 섬겼던 소홀은 싸우다 죽었지만 나는 붙잡혀서 욕을 당했다. 그렇지만 포숙은 나에게 부끄러움을 모른다고 손가락질을 하지 않았다. 내가 작은 절개를 지키지 못한 걸 부끄러워하기보다는 이름을 세상에 널리 알리지 못함을 부끄러워한다는 것을 알았기 때문이다. 나를 낳아 준 이는 부모지만, 나를 알아준 이는 포숙이다.

포숙은 관중을 재상(임금을 돕고 모든 관리를 지휘하고 감독하는 일을 맡아보던 벼슬아치)으로 추천한 다음 스스로 자신을 낮추었다. 포숙의 자손은 제나라에서 대대로 나랏일을 하면서 십여 대에 걸쳐 땅을 받았는데, 모두 훌륭한 인물로 인정받았다. 이 때문에 세상 사람들은 관중의 뛰어남을 일컫기보다 오히려 포숙이 사람을 제대로 알아보았다고 칭송하였다.

본래 제나라는 바닷가에 붙어 있던 변변치 못한 나라였다. 그러나 관중이 제나라의 나랏일을 맡게 되면서부터는 나라가 부강해졌고, 백성들이 크게 기뻐하였다.

그는 이렇게 말했다.

"모름지기 백성들은 창고가 가득 차야 예절을 차리게 되고, 먹고 입는 것이 풍족해야 예의염치를 알게 된다."

관중의 정치는 화를 바꾸어 복으로 만들고, 실패를 돌이켜 성공으로 이끌었으며, 일의 가볍고 무거움을 잘 헤아려 균형을 갖추었다. 그래서 관중은 제나라 임금과 건줄 만한 호화로운 거처까지 갖추고 있을 정도로 부유했지만, 제나라 사람들은 그가 사치스럽다고 생각하지 않았다. 관중이 세상을 떠난 뒤에도 제나라는 관중의 정책을 그대로 지켰기 때문에 제후국 가운데서 늘 강대함을 자랑할 수 있었다.

안영의 마부가 되어도 좋다

안영은 자가 '평중(平仲)'이고 이름이 '영(嬰)'이다. 제나라 영공부터 장공, 경공에 이르기까지 세 임금을 섬겼는데, 검소한 생활과 부지런한 성품으로 제나라 사람들의 존경을 받았다. 재상이 된 뒤에도 식사할 때는 고기반찬을 두 가지 이상 먹지 않았고, 아내에게는 비단옷을 입지 못하게 했으며, 조정에 있을 때에는 임금이 물으면 바른말로 대답하고, 묻지 않으면 올바르게 행동하였다. 나라가 잘 다스려질 때에는 임금의 명령을 잘 따랐고, 나라가 어지러울 때에는 명령 중에서 시행해도 옳은 것을 잘 헤아려 집행했다.

'월석보'라는 현인이 어쩌다 죄를 지어 붙잡혔는데, 마침 안영이 밖에 나갔다가 우연히 길에서 그를 보았다. 안영은 수레에 매었던 말을 월석보의 죗값으로 대신 바치고 그를 데리고 왔다. 그런데 집으로 돌아온 안영은 월석보에게 아무 말도 하지 않고 그대로 집 안으로 들어가 버렸다.

얼마 뒤 월석보가 안영에게 절교를 하겠다고 전해 왔다.

안영은 깜짝 놀라 옷매무시를 바로 갖추고 월석보에게 용서를 빌며 이렇게 말했다.

"제가 비록 어질지는 못하나 당신을 갇힌 데서 벗어날 수 있게 해 드렸는데, 어찌하여 이렇게 성급히 절교하려 하십니까?"

월석보가 말했다.

"그런 것이 아닙니다. 내가 듣자 하니 군자는 자기를 알아주지 않는 자에게는 굴복하나, 자기를 알아주는 이에게는 뜻을 편다고 했습니다. 내가 붙잡혀 있을 때 그들은 나를 알아보지 못하는 자들이었습니다. 당신이 나를 풀어 준 것은 나를 알아보았기 때문입니다. 그런데 나를 알아주는 이가 무례하다면 차라리 그대로 갇혀 있느니만 못합니다.”

안영은 이에 월석보를 귀한 손님으로 대우하였다.

안영이 재상으로 있던 어느 날이었다. 그가 외출하려고 나서자 마부의 아내가 문틈으로 자기 남편을 엿보았다. 남편은 재상의 마부였으므로 신분이 높은 사람들이 행차할 때 받치는 큰 양산을 들고 네 필의 말에 채찍질을 하면서 매우 의기양양한 모습이었다.

이윽고 남편이 돌아오자, 마부의 아내가 떠나겠다고 하였다. 남편이 까닭을 묻자, 아내는 이렇게 말했다.

“안영은 키가 6척이 채 못 되는데, 제나라 재상으로 이름이 높습니다. 방금 그가 외출하는 모습을 살펴보니, 생각이 깊어 보이고 늘 스스로를 낮추더군요. 그런데 당신은 키가 8척인데도 기껏 남의 마부나 하고 있고, 게다가 스스로 장한 듯 만족한 모습이더군요. 이런 까닭으로 헤어지려는 것입니다.”

그 뒤 남편은 자신을 낮추어 겸손한 태도로 사람들을 대했다. 안영이 이를 이상히 여겨 물어보자 마부는 사실대로 대답하였다. 안영은 그를 추천하여 대부 벼슬에 오르게 하였다.

태사공은 말한다.

관중은 온 세상 사람들이 다 인정하는 뛰어난 신하였다. 그런데도 공자는 그를 두고 그릇이 작다고 평가했다. 그것은 아마도 주나라 왕실이 약해졌을 때 어진 임금인 제나라 환공을 도와 무력과 형벌 대신 도덕으로 나라를 다스리는 '왕도정치'를 실현하게 도와주지 못하고, 기껏 힘으로 천하를 다스리는 패자가 되게 하는 데 그쳤기 때문이 아니겠는가.

안영은 제나라 장공이 반역자에게 죽게 되었을 때 그 시체 앞에 엎드려 곡하고 예의를 갖추었으나 그뿐이었고, 반역자를 치려고도 하지 않았다. 그렇다면 그는 정의를 보고도 실천하지 않은 비겁자였던가? 그러나 임금에게 임금의 잘못을 지적해서 아뢸 때에는 임금의 얼굴빛이 변할 정도로 강직했다. 그러니 '나아가서는 충성을 다하고, 물러나서는 잘못을 메워 주는 사람'이 아니겠는가. 안영이 지금 살아 있다면, 내 비록 그가 타는 수레를 모는 마부가 된다 해도 기쁠 것이다.

· 사 기 를 묻 다 ·

빛나는 이와 빛내 주는 이

성은 : 아빠, 관중과 안영 모두 훌륭한 재상이라지만, 둘은 완전히 다르네요. 안영은 검소한 데 비해, 관중은 사치스러웠다

는 것만 봐도 그렇잖아요.

아빠 : 관중은 자신을 알아주는 포숙이라는 벗의 추천으로 끝내 훌륭한 업적을 이루었어. 반면 안영은 인재를 알아보는 뛰어난 안목으로 훌륭한 사람들을 나라에 쓰이게 함으로써 칭송받았지. 관중은 사치스러웠지만 정치를 잘했기 때문에 사람들이 비난하지 않았고, 안영은 검소해서 사람들에게 존경을 받은 것이지.

그런데 말이야, 「관이오·안영 열전」은 훌륭한 두 재상의 이야기 같지만, 어떻게 보면 다른 사람의 가치를 알아본 포숙과 안영의 이야기라고도 할 수 있어. 그 때문에 사마천은 스스로 안영의 마부가 되어도 좋다고 했을 거야.

성우 : 어떤 상황에서도 관중을 이해해 준 포숙이 정말 대단하다는 생각이 들어요. 자기를 속였을 때에도 탓하지 않고 심지어 재상으로 추천을 하다니……. 그렇지만 관중의 잘못을 덮을 수는 없겠지요.

아빠 : 관중의 잘못은 분명하지. 그렇지만 포숙은 그런 잘못을 너그러이 용서하고 관중이 뜻을 펼 수 있게 기회를 준 거야.

그 덕에 관중은 한때의 잘못을 극복하고 훌륭한 업적을 세울 수 있었지. 그러니까 중요한 것은 관중의 태도가 잘못되었느냐 아니냐가 아니야. 그보다는 다른 사람이 잘못을 저질렀을 때 어떻게 하면 그를 올바른 길로 인도할 수 있을지 생각해 보는 일이 아닐까?

성은 : 관중이 "창고가 가득해야 예절을 알게 된다."라고 했다는데, 그 말이 맞는 것 같아요. 아프리카의 굶주린 아이들에게 예의를 차리라고 요구할 순 없는 거잖아요.

성우 : 그럼 물질적인 게 갖춰져야지만 아름다운 행동이 나온다는 거니? 내 생각은 달라! 오히려 물질적인 것과 상관없이 아름다운 행동을 해야 그게 인간다운 거 아냐?

아빠 : 사흘 굶으면 도둑이 안 되는 사람이 없다는 속담이 있어. 도둑이 되는 게 옳다는 말이 아니라, 도둑이 된 사정을 헤아려야 한다는 말이지. 너무나 굶주리면 예의염치를 돌볼 수 없지 않겠니? 아마도 관중은 정치인들이 백성들의 먹고사는 문제를 해결해 주고 나서야 비로소 예의염치를 갖추라고 요구할 수 있다는 뜻에서 그렇게 말했을 거야. 요즘 정치하는 사

람들이 새겨들어야겠다.

정치인들은 국민들이 법을 잘 지키고 살기를 바라기 전에 국민의 물질적인 생활을 먼저 챙길 줄 알아야 해. 그렇다고 해도 물질적인 것은 우리가 살아가는 데 필요한 조건일 뿐이지 삶의 목적은 아니야. 어떤 상황에 처해서도 아름다운 삶을 추구하려고 노력하는 것이야말로 인간다운 거라고 할 수 있지.

성은 : 또 하나, 참 이상한 게 있어요. 사람은 누구나 자신이 빛나길 바라지, 다른 사람이 빛나도록 도와주는 걸 좋아할 리 없잖아요? 포숙이나 안영 같은 사람은 옛날이야기에나 나올 법한 것 같아요.

아빠 : 자기만 빛나려고 경쟁하는 세상에서, 남을 빛내 주는 사람이야말로 가장 빛나는 존재가 아닐까?

나약한 병사를 훈련하여 강한 군대로 만든다
「손자·오기 열전」

신의와 염치, 인(仁)과 의(義), 용기를 고루 갖춘 자가 아니면 군사를 움직이는 방법과 기술을 가르치고 논의할 수 없다. 그러한 병법은 도를 닦는 일과 다르지 않아서, 안으로는 자기 몸을 수양하고 밖으로는 재앙과 사고에 대응할 수 있게 한다. 그래서 군자가 닦는 덕과 병법을 나란히 견줄 수 있기 때문에 「손자·오기 열전」을 지었다. – 「태사공 자서」

훌륭한 지휘관의 모습

손자는 제나라 사람으로 이름은 무(武)이다. 그가 병법에 뛰어나다는 소문이 나자 오나라 왕 합려가 그를 만났다. 합려가 "그대가 지은 13편의 병서는 이미 다 읽어 보았소. 그러니 시험 삼아 한번 병사들을 통솔해 보겠소?"라고 하자, 손자는 "좋소이다."라고 응낙하였다. 합려가 "그러면 여자들을 대상으로 시험해 볼 수 있겠소?"라고 하니, 손자는 여전히 "좋소이다."라고 하였다.

이렇게 해서 합려는 궁중의 미녀 180명을 불러 모았다. 손자는 그들을 두 무리로 나누고, 오왕이 가장 총애하는 두 여인을 무리의 대장으로 삼았다. 그런 뒤 모두 창을 들게 하고는 명령을 내렸다. "내가 '좌로' 하면 왼쪽을 보고, '우로' 하면 오른쪽을 바라보라."라고 하자 궁녀들이 "알겠습니다."라고 대답하였다. 그렇게 약속하고 나서는 형벌을 내릴 때 쓰는 도끼를 갖추어 놓고 명령의 내용을 여러 차례 반복하여 설명하였다. 이윽고 손자가 북을 치면서 "우로" 하고 명령했지만 궁녀들은 크게 웃기만 할 뿐 움직이지 않았다.

그러자 손자는 "명령이 불분명하고 호령이 숙달되지 않은 것은 장수인 내 잘못이다."라고 말하고는 다시 여러 차례 반복해서 설명하였다. 그러고는 다시 북을 치면서 "좌로" 하고 명령했지만 궁녀들은 또 크게 웃기만 하였다. 손자는 "명령이 이미 분명한데도 따르지 않는 것은 두 대장의 잘못이다."라고 하고는 좌우 양쪽 대장의 목을 베려 하였다. 그러자 위에서 지켜보고 있던 오왕이 크게 놀라 급히 전령을 보내 이렇게 전했다. "과인은 이미 장군의 용병술(군사를 부리는 기술)이 뛰어나다는 것을 알았소. 그 두 여인이 없으면 과인은 음식을 먹어도 맛있는 줄 모르니 죽이지 마시오."

그러나 손자는 "저는 이미 임금의 명령을 받아 장수가 되었습니다. 장수가 군대 안에 있을 때에는 임금의 명령이라도 받들지 않을 수 있습니다."라고 하고는 끝내 두 여인을 죽여서 본보기를 보였다. 그러고는 그들 다음으로 총애 받는 여인을 대장으로 삼아 다시 북을 치고 명령하였다. 이번에는 여자들이 모두 좌로, 우로, 앞으로, 뒤로 꿇어앉거나 일어서는 것이 자로 잰 듯, 먹줄로 맞춘 듯 정확하였고, 감히 소리를 내는 이가 없었다. 손자는 그제야 전령을 보내 오왕에게 보고했다. "병사들은 이미 훈련되었으니 임금께서는 내려오셔서 시험해 보십시오. 그들에게 물이나 불 속으로 뛰어들라 해도 할 수 있을 것입니다."라고 하였다. 오왕은 "장군은 그만 숙소로 돌아가 쉬시오. 과인은 내려가 보고 싶지 않소."라고 하였다. 손자는 "임금께서는 한갓 병법에 관한 말을 좋아하실 뿐이고, 병법을 실제로 사용할 줄은 모르시는군요."라고 말했다.

이 말을 들은 오왕 합려는 손무가 용병에 뛰어난 것을 인정하고, 마침내 그를 장군으로 삼았다. 그 뒤 오나라는 서쪽으로 초나라를 쳐부수어 수도인 영에까지 침입하고, 북쪽으로 제나라와 진나라를 위협하여 제후들 사이에서 이름을 날리게 되었다. 이는 모두 손자의 힘이 있었기 때문이다.

병사들과 수고로움을 함께 하다

오기는 위나라 사람으로 용병에 뛰어났다. 그는 공자의 제자였던 증자에게 배우고 노나라 임금을 섬겼다. 제나라가 노나라를 공격하자, 노나라에서는 오기를 장군으로 삼으려 하였다. 그런데 오기가 일찍이 제나라 여자를 아내로 맞이하였기 때문에 노나라에서 의심을 받았다. 그러자 오기는 출세를 위해 아내를 죽여, 제나라를 돕지 않겠다는 뜻을 분명히 했다. 마침내 노나라는 그를 장군으로 삼았고, 오기는 병사들을 이끌고 제나라를 공격하여 크게 무찔렀다.

그러자 노나라 사람 중에 어떤 이가 오기를 이렇게 비난하였다.

"오기는 시기심이 많고 잔인한 사람이다. 그는 고국이었던 위나라를 떠날 때 어머니와 이별하면서 '높은 벼슬을 얻지 못하면 돌아오지 않겠습니다.'라고 말하며 자기 팔을 깨물어 맹세하였다.

그러고는 증자를 섬겼는데 얼마 후에 자기 어머니가 죽었는데도 돌아가지 않았다. 증자가 오기를 야박한 자라고 하며 그와의 관계를 끊자, 오기는 마침내 노나라에서 병법을 배워 노나라 군주를 섬겼다. 노나라 군주가 의심하자 오기는 아내를 죽이면서까지 장군의 자리를 구했다. 무릇 노나라는 작은 나라이다. 그런데 제나라처럼 큰 나라와 싸워서 이기는 명성을 얻게 되면 제후들이 노나라를 공격할 것이다."

그 때문에 노나라 임금은 오기를 의심하여 그를 멀리하였다.

일이 이렇게 되자, 오기는 위나라 문후가 현명하다는 말을 듣고 그의 신하가 되기 위해 찾아갔다. 문후는 신하였던 이극에게 오기가 어떤 사람인지 물었다. 이극은 "오기는 탐욕스러운데다 여자를 좋아하지만, 군사를 움직이는 기술은 그보다 나은 이가 없을 겁니다."라고 대답했다. 이에 위 문후는 오기를 장군으로 삼아 진나라를 공격하여 성 다섯 개를 빼앗았다.

오기는 장군이 되어서는, 가장 계급이 낮은 병졸들과 같은 옷을 입고 식사를 함께하였으며, 잠을 잘 때에도 자리를 깔지 않았다. 행군할 때에도 말이나 수레를 타지 않고, 자기가 먹을 식량을 직접 싸 가지고 다니는 등 병사들과 고통을 나누었다.

언젠가 병졸 중에 종기가 난 자가 있었는데, 오기가 그 고름을 입으로 빨아내어 주었다. 병사의 어머니는 그 소식을 듣고 울었다. 어떤 사람이 "장군이 일개 병졸인 당신 아들의 종기를 빨아 주었는데 어찌하여 우는 것이오?"라고 묻자, 그 어머니는 "그렇지 않습니다. 예전에 오공이 그 애 아버지의 종기를 빨아 준 적이 있었지요. 그래서 그이는 전쟁에서 물러설 줄 모르고 장군을 위해 끝까지 싸우다가 적에게 죽고 말았습니다. 오공이 또 내 자식의 종기를 빨아 주었다니, 이제 그 아이도 어디선가 죽게 되겠지요. 그래서 우는 것입니다."라고 하였다.

오기가 용병에 뛰어날 뿐 아니라 청렴하고 공평하여 병사들의 신망을 얻고 있다고 생각한 위 문후는, 그를 서하의 태수로 삼아 진나라와 한나라를 막게 하였다. 그러나 얼마 후 문후가 죽고 무후가 즉위하여 오기를 멀리하자, 오기는 위나라를 떠나 초나라로 갔다.

초나라 도왕은 평소 오기가 현명하다는 말을 듣고 있었기 때문에 그가 오자마자 재상으로 삼았다. 오기는 법령을 바로잡고 필요 없는 관직을 없앴으며, 촌수가 먼 왕족들에게 내려주던 보수를 없애고 그 비용으로 군사들을 양성하였다. 오기는 군사력을 튼튼히 하는 것을 최우선의 정책으로 삼아서, 군사력을 쓰지 않고 외교술로 나라를 유지하려는 세력을 배격하였다. 그리하여 남쪽으로는 백월을 평정하고, 북쪽으로는 진(陳)나라, 채나라를 합병하고, 서쪽으로는 진(秦)나라를 쳤다. 그 때문에 제후들은 초나라의 강대함을 두려워하게 되었다.

이때 옛 초나라의 귀족들은 모두 오기를 미워하였다. 마침 도왕이 죽자 귀족들과 대신들이 난을 일으켜 오기를 공격했다. 오기는 달아나다가 일부러 도왕의 시신이 있는 곳으로 가서 그 위에 엎드렸다. 공격하던 무리들이 오기에게 화살을 쏘자 도왕의 시신에도 화살이 꽂혔다.

도왕의 장례식이 끝난 후 태자가 즉위했는데, 그는 즉위하자마자 오기를 죽이려다가 왕의 시신에까지 화살을 쏜 자들을 모두 잡아 죽였다. 이때 처형당한 일족이 70여 가문에 이르렀다. 오기는 죽으면서도 이것까지 계산했던 것이다.

· 사 기 를 묻 다 ·

일벌백계(一罰百戒)와 동고동락(同苦同樂)

성은 : 손자나 오기 둘 다 병사들을 지휘하는 힘이 정말 뛰어나요. 하지만 지휘하는 방법은 아주 다르네요.

아빠 : 나라를 다스리는 왕에게 덕이 필요하듯 병사들을 통솔하는 장수에게는 훌륭한 자질이 필요한 법이지. 손자는 한두

사람을 처벌하여 본보기를 보이는 '일벌백계'를 통해 전체의
복종을 이끌어 냈고, 오기는 병사들과 오랫동안 동고동락함
으로써 병사들의 신뢰를 얻었어.

성우 : 아무리 최고 지휘자라고 해도, 병사들을 통솔하기 위해
누군가를 죽이기까지 하는 건 옳지 않다고 생각해요.

아빠 : 손자는 극단적인 방법으로 짧은 시간 안에 병사들을 복
종시켰지만, 결코 바람직한 지휘 방법이라고 할 수는 없지. 실
제로 무능한 지휘관들이 그런 방법을 쓰면 오히려 반발심만
키울 수도 있단다.

성은 : 오기는 훌륭한 장수일지는 몰라도 어머니에게는 불효
자고 나쁜 남편 아닌가요? 나라를 위해 훌륭한 일을 했다고
해서 가족에게 잘못한 사람을 훌륭하다고 할 수 있나요?

아빠 : 오기가 훌륭한 장수였기 때문에 가족에게 잘못한 일을
덮을 수 없듯이, 가족에게 잘못했다고 해서 훌륭한 장수가 아
니라고는 할 수 없지. 물론 모든 면에서 훌륭하면 좋지만, 일에
따라 잘잘못을 분명하게 가리는 것이 공정한 평가가 아닐까?

성은 : 학교에도 손자 같은 선생님이 있고, 오기 같은 선생님이 있어요. 저는 오기 같은 선생님이 좋아요.

성우 : 아니야. 손자 같은 선생님이 있어야 기강이 잡히고 공부에 집중할 수 있는 거야.

성은 : 스스로 잘할 수 있는 학생들이 많은데, 굳이 처벌할 필요가 있나? 학교가 뭐 군대도 아니고.

성우 : 본보기를 보인다고 해서 손자처럼 꼭 처벌하는 방법만 있는 건 아니겠지. 좋은 일을 한 학생을 칭찬하면, 다른 학생들도 본받을 가능성이 많을 테니까.

성은 : 그런데 아빠, 오기가 말단 병사의 종기를 빨아 준 이야기는 무척 감동적이에요. 하지만 병사 어머니의 말을 듣고 나니, 부하의 충성심을 이끌어 내기 위해 일부러 그렇게 한 것 같아서 무섭다는 생각도 들어요.

아빠 : 오기는 부하들에 대한 사랑조차 자신의 출세를 위해 이용한 면이 있어. 하지만 그가 병사들과 동고동락한 것은 분명

지휘관으로서 훌륭한 태도라고 할 수 있지. 그리고 병사들은 어디까지나 자발적으로 충성한 것이니까 오기가 꼭 나쁜 목적을 가지고 그랬다고만 볼 수는 없을 거야.

육예(六藝)에 통달한 77명의 제자

「중니 제자 열전」

공자는 옛글을 전하고 제자들은 학업에 힘을 쏟아 모두 제후들의
스승이 되었으며, 사람을 사랑하는 어진 마음인 인(仁)을 숭상하고
의로움을 장려했다. 그래서 「중니(공자의 자) 제자 열전」을 지었다.

-「태사공 자서」

가난하면서도 도(道)를 즐기다

평소 공자는 이렇게 말했다.

내 제자들 가운데 학업에 힘써 육예(고대 중국의 여섯 가지 교양교
육 과목으로서, 예의, 음악, 활쏘기, 수레 몰기, 글쓰기, 수학 과목을
말함)를 다 익힌 자는 77명이다. 모두 남다른 재능을 지닌 이들이었
는데 그중에서도 덕행에는 안연·민자건·염백우·중궁이, 정치에는
염유·계로가 뛰어났으며, 언어에서는 재아·자공이, 문학에서는 자
유·자하가 뛰어났다. 이들 가운데 안연은 몹시 가난해서 자주 끼니
가 떨어지는 형편이었지만, 자공은 가난하게 타고난 운명을 따르지
않고 시장의 변화를 잘 읽어서 돈을 많이 벌었다.

안연은 이름이 '회(回)'이고, 자(字)가 '연(淵)'이다. 노나라 출신
으로, 공자보다 서른 살이나 어렸다. 안연이 공자에게 인(仁)이 무
엇인지 묻자, "인(仁), 곧 어진 품성이란 자신의 이기심을 이기고
예의로 돌아가는 것이다. 사람마다 그리하게 되면 온 세상이 인으
로 돌아가 지키게 될 것이다."라고 답했다.

공자는 일찍이 안연을 이렇게 칭찬한 적이 있다.

어질구나, 안연이여! 한 그릇의 밥과 한 사발의 물을 먹으며 누추한 골목에 살면서도 즐거움을 버리지 않는구나. 함께 이야기할 때에는 가만히 듣고만 있어서 바보인가 여겼는데, 물러간 뒤에 행동을 살펴 보니 내가 한 말을 잘 실천하고 있었다. 기회를 얻어 세상에 등용되면 나아가 도를 실천하고, 세상에 쓰일 기회가 없으면 가만히 물러나 도를 지키며 사는 것, 이것은 오직 나와 안연만이 할 수 있는 생활일 것이다.

안연은 29세에 머리털이 모두 하얗게 세었고 일찍 죽었다. 그때 공자는 "내가 안연을 제자로 거둔 뒤부터 제자들이 더욱 친해졌거늘……"이라고 하면서 크게 슬퍼했다.

언젠가 노나라 애공이 제자들 가운데 누가 배우기를 좋아하느냐고 물었을 때, 공자는 "안연이 그렇습니다. 그는 노여운 마음을 다른 사람에게 옮기지 않았고, 같은 잘못을 되풀이하지 않았지요. 그런데 불행히도 일찍 죽고 말았으니, 지금은 그만큼 배우기를 좋아하는 사람이 없습니다."라고 답했다.

한 번 움직여 조국을 지키다

자공은 성이 '단목(端木)'이고 이름은 '사(賜)', 자는 '공(貢)'이다. 공자보다 서른한 살 어렸다. 자공은 말재주가 뛰어났는데, 공자는 그것을 늘 못마땅하게 여겼다. 언젠가 공자가 자공에게 이렇게 물었다.

"너와 안연을 비교할 때, 누가 낫다고 생각하느냐?"

"제가 어떻게 안연과 견줄 수 있겠습니까? 안연은 하나를 들으면 열을 아는데, 저는 하나를 들으면 겨우 둘을 알 뿐입니다."

어느 날 자공이 공자에게 이렇게 물었다.

"부유해도 교만하게 구는 일이 없고, 가난해도 아첨하는 일이 없으면 어떻습니까?"

"좋지. 그렇긴 하지만 가난하면서도 도를 즐기며 살고, 부유하면서도 예의에 맞게 살기를 좋아하는 사람만은 못하다."

그 당시 제나라의 권력자 전상은 제나라의 임금을 쫓아내고 자기가 임금이 되려 했다. 그런데 대대로 제나라의 세력가였던 고씨·국씨·포씨·안씨 집안이 두려웠다. 그래서 노나라와의 전쟁에 그들의 군사를 동원해 그 세력을 약화시키려 했다. 그 소식을 듣고 공자가 제자들에게, "부모의 나라가 위기에 처했는데, 너희들은 어찌하여 나아가 막지 않는가."라고 했다. 그러자 자로가 맨 먼저 나섰는데, 공자가 말렸다. 이어서 자장과 자석이 가겠다고 했지만, 공자는 역시 허락하지 않았다. 결국 자공이 나서겠다고 하자, 공자는 비로소 허락했다.

자공은 곧바로 제나라로 가서 전상을 만났다.

"당신이 노나라를 치려고 하는 것은 잘못된 판단입니다. 노나라는 치기 어려운 나라입니다. 성벽은 낮고 폭이 좁으며, 성 주위에 둘러 파놓은 해자는 좁고 얕습니다. 임금은 어리석고 신하들은 거짓을 일삼으며, 군사들과 백성들은 전쟁을 싫어합니다. 그러니 오나라를 치는 것이 좋습니다. 오나라는 성벽이 높고 견고하며, 해자는 넓고 깊습니다. 무기는 튼튼하고 병사들은 훈련이 잘 되어 있으며 식량도 충분합니다. 그러니 오나라야말로 공격하기 좋은 나라입니다."

이 말을 들은 전상은 화를 벌컥 내며 말했다.

"그대가 어렵다고 하는 것은 사람들이 쉽다고 하는 것이고, 그대가 쉽다 하는 것은 사람들이 어렵다고 하는 것이다. 나에게 그렇게 이야기하는 까닭이 무엇인가?"

"제가 들으니 '걱정이 안에 있는 사람은 강한 나라를 치고, 걱정이 밖에 있는 사람은 약한 나라를 친다.'라고 했습니다. 제나라 임금이 당신을 우대하려 했지만 번번이 실패했다지요. 그 까닭은 대신들 가운데 반대하는 사람이 있기 때문입니다. 이런 때 당신이 노나라를 쳐부수고 제나라의 영토를 넓혀 봐야, 임금의 마음을 교만하게 할 뿐이고 대신들의 위세만 더해 줄 따름입니다. 그리되면 당신의 공은 인정받지 못할 것이고, 임금과의 거리는 멀어지겠지요. 결국 당신이 바라는 큰일을 이루기가 더욱 어렵게 될 뿐입니다. 하지만 오나라와 싸워 이기지 못하게 된다면 백성들은 밖에서 싸우다 죽고, 대신들은 안에서 세력을 잃게 될 것입니다. 결국 당신 입장에서는 위로 강한 적이 없어질 뿐만 아니라, 아래로 백성들의 비난을 받을 일도 없게 되는 셈이지요. 그리하면 제나라를 당신 마음대로 할 수 있게 될 것입니다."

"듣고 보니 과연 그렇소. 그렇지만 벌써 우리 군대가 노나라를 향해 떠났소이다. 그러니 다시 오나라로 군대를 돌리려 하면 대신들이 나를 의심할 것이오. 어떻게 하면 좋겠소?"

"그렇다면 우선 노나라를 공격하지 말고 군대를 그대로 머물러 있게 하십시오. 그동안 제가 오나라 왕에게 가서 노나라를 도와 제나라를 치도록 권하겠습니다. 그래서 오나라가 쳐들어올 때, 당신이 군대를 이끌고 오나라와 싸우면 될 것입니다."

전상이 자공의 제안을 받아들이자, 자공은 남쪽으로 가서 오나라 왕을 만났다.

"제나라가 노나라를 공격하여 노나라를 차지한다면 오나라에게는 크게 위협이 될 것입니다. 이런 때 오나라가 제나라를 공격하여 노나라를 구하게 되면, 오나라에 이로울 뿐만 아니라 천하를 위해 큰 일을 했다고 제후들이 칭찬을 할 것입니다."

자공의 권고에 따라 오나라는 제나라로 군대를 출동시켰는데, 결국 오나라는 제나라 군대와 애릉에서 싸워 크게 이겼다. 그 덕에 자공의 조국 노나라는 전쟁의 소용돌이를 피할 수 있었다.

• 사 기 를   묻 다 •

가난하지만 즐거움을 잃지 않는 힘

성우 : 아빠, 공자가 자공의 말재주를 안 좋게 생각한 이유는 뭐예요? 말을 잘하는 게 나쁜 일은 아닌 것 같은데요. 저는 자공처럼 말을 잘해서 나라를 구하는 큰일을 할 수 있으면 좋겠어요.

아빠 : 공자는 일찍이 "말재주가 뛰어난 사람치고 어진 사람이 드물다."라고 말한 적이 있어. 공자가 이처럼 말재주를 마땅찮게 여긴 까닭은 말 잘하는 능력 자체를 나쁘게 본 것이라기보다는, 말재주가 뛰어난 사람이 말만 앞세우고 실천을 하지 않는 경우가 많아서겠지.

성은 : 가난하게 태어난 자공이 세상을 잘 파악해서 부자가 됐다면, 그건 아주 지혜로운 일 아닌가요? 그런데 공자는 그걸 그다지 높이 평가하지 않은 것 같아요.

아빠 : 시장의 흐름을 잘 읽었다는 점에서 자공은 요즘으로 치면 뛰어난 경제인이라고 할 수 있지. 더욱이 가난을 운명으로 여기지 않고 노력해서 부자가 된 것은 칭찬해야 마땅해. 공자는 그런 자공이 혹시라도 부를 최고로 여긴 나머지 더 중요한 가치를 보지 못할까 봐 걱정했던 거야. 그래서 가난한 안연을 칭찬함으로써 더 훌륭한 가치가 있다고 일깨워 준 것이지.

성우 : 공자가 아무리 안연을 사랑했다고 해도, 자공 본인에게 안연과 비교해 누가 더 나으냐고 묻다니, 너무한 것 아니에요?

아빠 : 자공은 평소 사람들과 자기를 비교하면서 스스로 다른 사람보다 낫다고 자랑했다고 해. 그래서 공자는 일부러 자공이 하는 방법대로 안연과 비교를 하게 했어. 자공이 자만에 빠질까 봐 걱정을 했던 거지. 아마 자공은 안연과 견주면서 자신의 부족한 점을 깨닫기도 했겠지만, 그런 식으로 사람들을 비교하는 태도가 옳지 않다는 것도 깨닫지 않았을까 싶구나.

성은 : 제자들 각자 나름대로 뛰어난 부분이 있는데도, 공자가 안연을 특별히 믿고 사랑한 이유가 있겠지요?

아빠 : 공자는 재물을 모아 부자가 되는 것보다 학문이나 수양에 힘쓰는 것이 더 중요하다고 생각했어. 그런데 공자의 제자들은 스승의 가치관과는 달리 높은 벼슬을 구하거나 부자가 되려고 애썼지. 안연만은 끼니를 잇기 어려울 정도로 가난했지만 뜻을 굽히지 않았어. 더욱이 말보다 행동으로 자신의 성실성을 보여 주었지. 그런 제자를 사랑하지 않을 스승이 어디 있겠니?

성우 : '한 그릇 밥과 한 사발 물'이라는 말이 왠지 가슴 찡하게 다가와요. 가난하게 살면서도 즐거움을 잃지 않는 힘은 도대체 무엇일까요?

아빠 : 그것은 옛날부터 수많은 학자들이 깊이 고민해 온 주제야. 사람들은 물질적으로 모든 것이 다 갖추어지면 행복할 것이라고 생각하지. 그런데 안연의 경우를 보면 참된 행복은 오히려 그런 조건을 넘어서는 게 아닌가 싶어. 절망할 수밖에 없는 어려운 상황에서도 즐거움을 잃지 않는 그의 태도는 많은 사람들에게 감동을 주었으니까.

강력한 법을 세우고 그 법으로 죽다

「상앙 열전」

상앙은 진나라로 가서 법률을 효과적으로 제정하여 진나라를 강대
국으로 만들었다. 진나라는 후세에도 그의 법률을 따라 나라를 다
스렸다. 그래서 「상앙 열전」을 지었다.

– 「태사공 자서」

지혜로운 자는 법을 만든다

상앙은 성이 '공손(公孫)'이었고 이름은 '앙(鞅)'이었지만, 진나라에서 '상(商)'이라는 고을의 수령이 되었기 때문에 사람들이 상앙이라고 불렀다. 상앙은 원래 위(魏)나라에 가서 벼슬하려 했지만, 위나라 혜왕이 그를 등용하지 않았다.

마침 진나라 효공이 사방에서 널리 인재를 구한다는 소문을 들은 상앙은 진나라로 가서 효공을 만났다. 처음에 상앙은 넉넉하고 어진 마음으로 천하를 다스리는 왕도정치를 말했는데, 효공은 졸기만 할 뿐 상앙의 설명을 듣지도 않았다. 이어 힘으로 다스리는 패도정치를 이야기하니 효공은 그제서야 크게 관심을 보였다. 마지막으로 법률로 나라를 다스리는 법치를 이야기하자 효공은 크게 감동하여 그를 재상으로 임명했다. 재상이 된 상앙은 진나라의 법률을 바꾸려고 했지만 신하들과 백성들이 반대했다. 그 때문에 효공이 주저하자, 상앙은 효공에게 이렇게 말했다.

"훌륭한 견해를 가진 사람은 본디 세상의 비난을 받기 마련입니다. 그리고 백성들이란 일을 시작할 때는 도움이 되지 않고, 성공한 뒤에 함께 즐길 수 있을 뿐입니다. 그 때문에 훌륭한 임금은 백성들의 말이나 옛날 법도를 그대로 따르지 않습니다."

그러자 감룡이라는 신하가 상앙의 법률에 반대하며 나섰다.

"그렇지 않습니다. 훌륭한 임금은 풍속을 바꾸지 않고 백성을 가르쳐 좋은 방향으로 이끌며, 지혜로운 자는 법률을 바꾸지 않고 다스립니다. 풍속에 따라 백성을 가르치면 힘들이지 않고 성과를 이룰 수 있고, 옛 법도에 따라 다스리면 관리가 익숙하여 백성도 편안하게 됩니다."

상앙은 다시 이렇게 말했다.

"감룡이 말하는 것은 속된 것입니다. 보통 사람들은 습관에 안주하고, 학자들은 자기들이 배운 것에 집착합니다. 이들에게 나라의 법률을 따르게 하는 것은 옳은 일입니다. 그러나 그들과 함께 의논하여 법률을 제정하는 것은 옳지 않습니다. 고대의 임금들은 예의법도를 달리하면서 천하를 다스렸고, 최고 권력을 차지한 다섯 제후는 법률을 바꾸면서 패자가 되었습니다. 본디 지혜로운 자는 법을 만들고, 어리석은 자는 법의 제재를 받으며, 성인에 다음 가는 훌륭한 정치인인 현인은 예의법도를 바꾸고, 못나고 어리석은 자는 예에 구속당하는 법입니다."

그러자 역시 상앙의 법률을 좋아하지 않던 신하 두지가 이렇게 말했다.

"이로움이 백 배가 되지 않으면 법을 바꾸지 않고, 성과가 열 배가 되지 않으면 제도를 바꾸지 않는 법입니다. 예전의 법대로 하면 과실이 없을 것이고, 예전의 예의범절을 따르면 문제가 생기지 않을 것입니다."

상앙은 다시 이렇게 반박했다.

"나라를 다스리는 방법은 한 가지가 아닙니다. 나라를 편안하게 다스리려면 옛 법도를 따라서는 안 됩니다. 옛날 탕왕과 무왕은 옛 법도를 따르지 않고도 천하를 잘 다스렸고, 걸왕과 주왕은 옛 법도를 그대로 따랐지만 나라가 망했습니다. 옛 법도를 따르지 않는다고 해서 반드시 그르다고 할 수 없고, 옛 법도를 따른다고 해서 반드시 칭찬할 것은 아닙니다."

효공은 상앙의 말이 옳다고 여겨 그의 말대로 법률을 바꾸었다.

법은 누구에게나 똑같이

상앙은 백성들을 다섯 가구씩 묶어 한 통으로 만들고, 서로 감시하여 공동 책임을 지게 하였다. 그리고 법에 어긋날 일을 신고하지 않으면 허리를 베어 죽이고, 신고한 자는 상을 주며, 개인적인 원한으로 싸우는 자는 처벌하였다. 또 어른이든 아이든 모두 힘을 합쳐 농사짓고 베 짜는 일을 본업으로 삼게 하였으며, 귀족들의 특권을 인정하지 않고 공을 세우지 못하면 귀족의 자격을 박탈하였다.

그런데 새로운 법령을 제정해 놓고 아직 백성에게 알리지 않고 있던 어느 날 상앙은 기다란 막대기를 도성의 남문에 세우고 이렇게 알렸다.

"이 막대기를 북문으로 옮겨다 세우는 자에게는 10금을 주겠다."

이를 이상하게 여긴 사람들은 아무도 막대기를 옮기려 하지 않았다. 이에 상앙은 상금을 50금으로 올렸다. 그러자 어떤 사람이 막대기를 북문으로 옮겨 꽂았는데, 과연 상앙이 나타나 50금을 주었다. 상앙은 이렇게 해서 자신이 백성을 속이지 않는다는 것을 알린 다음, 새로운 법령을 공포하였다. 그 뒤 1년이 지나면서 새로운 법령이 불편하다고 말하는 이들이 수천 명에 이르렀다. 그러던 가운데 태자가 상앙의 새로운 법령을 어겼다. 그러자 상앙은 이렇게 말했다.

"법이 잘 지켜지지 않는 까닭은 위에 있는 자부터 법을 어기기 때문입니다. 그러므로 태자도 처벌해야 합니다. 하지만 장차 임금이 될 분이므로 처벌할 수는 없습니다. 그러니 그의 행동을 지도해야 할 스승들이 대신 벌을 받아야 합니다."

그렇게 해서 상앙은 태자의 스승이었던 공자건과 공손가를 처벌했다. 이 일로 진나라 백성들은 상앙의 법률은 누구에게나 똑같이 적용된다는 사실을 알게 되었고, 그 뒤로 법을 어기는 이가 없어졌다. 법을 시행한 지 10년 만에 진나라 백성 가운데는 길에 떨어진 물건을 줍는 사람도 없게 되었다. 산에는 도적이 없어졌고 집 집마다 살림이 넉넉해졌으며, 백성은 전쟁에서는 용감하게 싸웠 지만 사사로운 싸움은 하지 않았다.

이렇게 되자 이번에는 상앙의 법률이 편리하다고 말하는 사람들 이 나타났다. 그러자 상앙은 또 "이런 자들 또한 교화를 어지럽히 는 자들일 뿐이다."라고 말하면서 모두 변방으로 쫓아내 버렸다. 그 뒤로는 감히 상앙의 법률을 두고 이러니저러니 말하는 이들이 없어졌다.

상앙이 진나라의 재상이 되어 다스린 지 10년이 지난 뒤 진나라 효공이 죽고 태자가 임금이 되었다. 이때 예전 일로 원한을 품었던 공자건의 무리가 상앙이 반역을 꾀한다고 아뢰자 임금은 상앙을 체포하라고 명령하였다. 이에 상앙은 도망을 쳐서 국경 부근 객사 에서 하룻밤 묵게 되었다. 그런데 객사의 주인이 그가 상앙인 줄 모르고 이렇게 말했다.

"상앙의 법률에 신분이 확실하지 않은 자를 재워 주면 처벌한다 고 했습니다."

그 말을 들은 상앙은 이렇게 탄식했다.

"아, 법률의 폐단(어떤 일이나 행동에서 나타나는 옳지 못한 경향이나 해 로운 현상)이 마침내 내 몸에까지 미쳤구나!"

상앙은 이어 위나라로 도망갔는데, 위나라 사람들은 진나라의 보복이 두려워 그를 받아들이지 않았다. 할 수 없이 그는 다시 진나라 상읍으로 가서 군사를 일으켰으나, 오히려 진나라가 동원한 군대에 패하여 죽음을 맞이하게 되었다.

태사공은 말한다.

상앙은 천성이 야박한 사람이다. 그가 진나라 효공을 처음 만났을 때, 왕도정치를 이야기한 것도 본심이 아니라 벼슬하기 위해 이리저리 갖다 붙인 헛소리였을 뿐이다. 내 일찍이 그가 지은 책을 읽어 본 적이 있는데, 그 사람됨과 똑같았다. 그가 진나라에서 악명을 얻은 것도 다 까닭이 있다 하겠다.

· 사 기 를 묻 다 ·

백성을 위한 법인가, 왕을 위한 법인가

성은 : 상앙이 왕에게 나라를 다스리는 방법으로 왕도정치, 패도정치, 법치를 다 이야기하잖아요. 왜 그런 걸까요? 저는 상앙이 신념이 없는 사람 같아 보여요.

아빠 : 상앙은 신념을 갖고 행동한 사람이 아니라, 출세할 수 있다면 무엇이든 닥치는 대로 선택하는 사람이지. 하지만 진나라는 상앙이 죽은 뒤에도 상앙의 정책을 그대로 따라서 마침내 천하를 통일했단다. 상앙의 법률 정치는 나름대로 확고한 기준이 있었고 유용했어.

성우 : 상앙은 법을 바꿔야 한다고 주장하는데, 다른 신하들은 있는 법을 그대로 지키자고 했잖아요. 누가 옳은 건가요?

아빠 : 당시 귀족들은 죄를 지어도 처벌 받지 않았는데, 상앙은 귀족의 특권을 인정하지 않았어. 그런 점에서 보면 아주 공평하게 법을 적용했다고 할 수 있지.
하지만 상앙의 법은 백성들을 위한 것이 아니라, 강력한 왕권을 세우기 위한 수단이었을 뿐이야. 그리고 상앙은 법을 시행하는 데는 철두철미하고 일관성이 있었어. 당시 법을 비판하는 사람을 처벌한 건 말할 것도 없고, 지지하는 사람을 처벌한 것만 봐도 알 수 있지.

성은 : 법률이 편리하다고 좋아하는 사람들까지 처벌했다는 이야기를 듣고는 소름이 끼쳤어요. 자신이 만든 법률에 대해 사

람들이 이야기하는 것을 아예 막아 버리는 것은 옳지 않아요.

아빠 : 그 때문에 많은 사람이 상앙의 법률을 악법이라고 비판했지. 상앙의 법률은 당시 사회를 크게 발전시키기도 했어. 하지만 법률에 대한 평가를 용납하지 않는 태도는 법률의 정당성을 지키는 데 전혀 도움이 되지 않았단다.

성우 : 지혜로운 사람은 법을 만들고, 어리석은 사람은 법의 제재를 받는다는 말은 무슨 뜻인가요?

아빠 : 어떤 사람은 법을 통해서 자유로워지는 데 비해, 어떤 사람은 법에 구속된다는 뜻이야. 어리석은 이들은 법이 있으면 편리하다는 생각은 못 하고, 오히려 법이 구속하는 면만 본다는 거지. 상앙은 백성보다는 정치가들을 두고 이 말을 했어. 그러니까 법의 유용한 점을 통치자들이 모르고 있는 걸 지적한 말이란다.

성은 : 상앙은 훌륭한 임금은 백성들의 말이나 옛날 법도를 그대로 따르지 않는다고 했는데, 여론에 귀를 기울여야 나라를 잘 다스릴 수 있잖아요.

아빠 : 바로 그 때문에 상앙의 법률이 많은 비판을 받은 거야. 상앙의 생각에 따르면, 법률로 다스리는 세상이란 힘이 센 자가 약한 자를 마음대로 다루기 위한 수단으로 법률을 쓴다는 것인데, 그건 잘못된 생각이야. 법은 약한 자를 보호할 때 진정한 가치가 드러나는 것이니까.

하찮은 재주도 귀하게 쓴다

「맹상군 열전」

맹상군은 뛰어난 인재를 불러 모으는 것을 좋아하여 단 한 가지 재주가 있는 사람이라도 귀한 손님으로 우대했기 때문에 수많은 인재들이 설(薛) 땅으로 모여들었다. 그래서 「맹상군 열전」을 지었다.

— 「태사공 자서」

죽을 운명을 지고 태어나다

맹상군의 성은 '전(田)'이고 이름은 '문(文)'으로, 아버지는 제나라 설(薛) 땅의 귀족이자 재상이었던 전영(田嬰)이었다. 전영에게는 여러 아내에게서 얻은 아들이 40여 명 있었는데, 그중 맹상군의 어머니는 신분이 낮은 여인이었다. 맹상군은 5월 5일에 태어났는데, 당시 제나라에는 5월에 태어난 아이는 커서 키가 문(門)에 닿을 정도가 되면 아버지를 죽인다는 미신이 있었다. 그래서 전영은 5월에 태어난 맹상군을 키우지 말고 죽이라 하였다. 하지만 어머니는 몰래 그를 키웠고, 맹상군은 성장해서 나중에 아버지를 만나게 됐다.

아버지 전영은 그가 자신이 죽이라고 했던 아이임을 알고 크게 화를 냈다. 맹상군이 까닭을 묻자, 전영은 5월에 태어난 자식은 키가 문 높이까지 자라면 아버지를 죽인다고 하기에 그랬노라고 대답했다. 그러자 맹상군은 사람의 목숨은 하늘에게서 받는 것이지 문에서 받는 게 아니며, 설혹 문에서 받는다 하더라도 문을 높이면 그만일 뿐이라고 말하면서 아버지를 설득하였다.

"아버님은 제나라 재상이 되어서 세 왕을 섬겼는데, 그동안 제나라 영토는 조금도 넓어지지 않았습니다. 그뿐만 아니라 아버님의 집에는 엄청난 재산이 쌓여 있지만 능력 있고 뛰어난 현인은 한 사람도 보이질 않습니다. 지금 아버님의 집에 있는 첩들은 찬란한 비단옷을 입고 사치를 누리는데 나라의 선비들은 짧은 바지도 얻어 입지 못하고 있으며, 첩들은 쌀밥과 고기를 먹는데 선비들은 겨도 얻어먹지 못하고 있습니다. 저는 아버님이 누구에게 주려고 재산을 이렇게 쌓아 놓았는지 마음에 걸립니다."

이 일로 맹상군은 아버지의 신임을 얻어 집안일을 관리하게 되었다. 아버지가 세상을 떠난 뒤 설 땅의 영주가 된 맹상군은 온 힘을 기울여 천하의 뛰어난 인재들을 손님으로 초빙하였다. 이렇게 초대를 받아 그 집에서 손님 대접을 받으며 묵는 사람을 빈객이라 부르는데, 맹상군이 빈객 대접을 잘한다는 소문이 널리 퍼졌다. 그러자 맹상군의 문하에는 죄를 짓고 도망한 자들까지 모여 들어, 빈객의 숫자가 수천을 헤아리게 되었다. 그중에는 개가죽을 뒤집어쓰고 도둑질을 하거나 닭 울음소리를 잘 내는 하찮은 재주를 지닌 자들도 있었는데, 맹상군은 그들 또한 다른 빈객들과 똑같이 대우했다.

그러던 중 진나라 소왕이 맹상군이 뛰어나다는 소문을 듣고, 그를 진나라로 불러들였다. 소왕은 처음에는 맹상군을 재상으로 삼으려 했지만, 신하들이 말리자 되레 그를 잡아 가두고는 죽이려 했다. 맹상군은 소왕의 마음을 움직일 수 있는 여인에게 사람을 보내 자신이 풀려날 수 있게 힘써 달라고 했다. 그러자 그 여인은 석방의 대가로 흰여우의 겨드랑이 털로 만든 가죽옷(호백구)을 요구하였다. 애당초 맹상군이 진나라에 올 때 호백구를 한 벌 가지고 왔는데, 그것은 이미 소왕에게 바친 뒤였다. 걱정하고 있던 맹상군에게 도둑질 잘하는 이가 찾아왔다. 그러고는 자신이 호백구를 구하겠다고 하고는 밤에 개가죽을 뒤집어쓰고 소왕의 궁궐로 들어가 호백구를 훔쳐 왔다. 맹상군이 호백구를 여인에게 바치자 그 여인이 소왕에게 간청하여 맹상군은 풀려날 수 있었다.

옥에서 나온 맹상군은 그길로 바로 도망쳐 국경의 관문에 도달했다. 그때 소왕이 맹상군을 석방한 것을 바로 후회하고 그를 다시 잡아오게 하였다. 맹상군은 진나라 국경을 벗어나려 했지만 관문이 닫혀 어쩌지 못하고 있었다. 당시 진나라의 법률에는 닭이 울어야 관문을 열 수 있었다. 그때 맹상군의 식객 가운데 닭 울음소리를 잘 내는 이가 소리를 내자, 근처의 모든 닭들이 일제히 울었다. 문지기는 새벽이 된 줄 알고 관문을 열었고, 맹상군은 진나라를 벗어날 수 있었다.

빚 문서를 불태워 백성의 사랑을 얻다

진나라에서 돌아온 맹상군은 재상이 되어 제나라를 다스렸는데,

빈객의 수가 3천 명에 이르렀다. 빈객들을 대접하기 위해서는 막대한 자금이 필요했는데, 맹상군은 그 자금을 충당하기 위해 설 땅의 백성들에게 빌려 준 돈을 받아 오게 했다. 하지만 선뜻 나서는 이가 없었다. 이 일을 고민하던 차에, 일찍이 별다른 재주도 없이 빈객으로 와 있던 풍환이라는 이가 생각났다. 그에게 돈을 받아 올 수 있겠느냐고 묻자, 풍환은 기꺼이 그렇게 하겠다고 대답하고는, 맹상군에게서 빚 문서를 받아 들고 설 땅으로 갔다.

설 땅에 도착한 풍환은 술과 음식을 푸짐하게 장만하여 백성들을 불러 모았다. 그러고는 빚 증서를 일일이 대조해서 확인하였다. 풍환은 부유하여 돈을 갚을 수 있는 자들에게는 원금과 이자를 갚을 기한을 정해 주고, 가난해서 돈을 갚을 수 없는 자들에게는 그들이 보는 앞에서 증서를 불살라 버리고는 이렇게 말했다.

"맹상군이 여러분들에게 돈을 빌려 준 것은 백성들에게 밑천을 마련해 줘 본업에 힘쓰게 하기 위해서였다. 또 이자를 받은 것은 수천 명의 빈객을 먹이기 위해서였다. 그런데 지금 여러분이 본 것처럼 부유한 이는 갚을 기일을 정해 주었고, 가난한 이는 증서를 불태워 버렸다. 여러분들은 본업에 충실하라. 이렇게 백성들을 사랑하는 사람을 위해 어찌 애쓰지 않을 수 있겠는가."

그러자 자리에 있던 이들이 모두 일어나 두 번 절하며 고마워했다.

한편 맹상군은 풍환이 빚 문서를 모두 불살라 버렸다는 이야기를 듣고 크게 성을 내며 풍환을 불렀다.

"듣자 하니 빚 문서를 모두 불태워 버렸다고 하는데 도대체 어찌 된 일이오?"

"가난한 백성들은 어차피 십 년을 재촉해도 빚을 갚지 못하고 이자만 쌓일 뿐입니다. 그렇다고 엄하게 독촉하면 다른 곳으로 도망쳐, 결국 자기 손으로 문서를 없애 버릴 것입니다. 이렇게 되면 위로는 당신이 이익을 탐하여 백성들을 사랑하지 않는 것이 되고, 아래로는 백성들이 당신을 멀리하여 이자를 갚지 않는 셈이 됩니다. 결국 백성들을 위로하는 일에도 실패하고 당신을 드러내는 일에도 실패하게 됩니다. 그래서 나는 쓸모없는 문서를 불살라 설 땅의 백성들이 당신을 사랑하게 하고, 당신의 이름을 드높이려 한 것입니다."

풍환의 이야기를 들은 맹상군은 크게 고마워했다.

그러던 중 제나라 왕은 맹상군의 세력이 너무 커지는 것을 염려한 나머지, 맹상군을 재상 자리에서 쫓아냈다. 맹상군이 재상의 자리에서 물러나자 식객으로 있었던 이들은 모두 떠났다. 쫓겨난 맹상군은 자신의 영지인 설 땅으로 돌아갔는데, 설 땅의 백성들이 모두 아이들의 손을 잡아끌거나 등에 업고 백 리 밖까지 나와서 맹상군을 맞이했다. 또 맹상군이 제나라 재상에서 물러났다는 소식을 들은 진나라는 사람을 보내 맹상군을 재상으로 초빙하려 했다. 이 사실을 전해 들은 제나라 왕은 맹상군의 명망이 두터운 것을 거듭 깨닫고, 그를 재상으로 복직시켰다.

재상으로 돌아온 맹상군은 풍환에게 이렇게 말했다.

"식객들을 극진히 대우했건만, 내가 재상 자리에서 물러나자 그들은 모두 나를 배신하고 떠나 버렸소. 다시 재상 자리에 올랐지만 그들이 나를 무슨 낯으로 보겠소. 만약 나를 다시 찾는 식객이 있다면, 그들의 얼굴에 침을 뱉어 줄 생각이오."

풍환은 크게 놀라 이렇게 말했다.

"부귀하면 찾아오는 이가 많고, 가난하면 친구가 적은 것은 당연한 일입니다. 장 보러 가는 사람들이 아침에는 서둘러 시장으로 들어가지만, 해가 떨어진 뒤에는 아무도 돌아보지 않습니다. 그 까닭은 그들이 아침을 좋아하고 저녁을 싫어해서가 아니라, 그들이 바라던 물건이 아침에는 있고, 저녁에는 없기 때문입니다. 그 것처럼 당신이 지위를 잃자 빈객들이 모두 떠난 것입니다. 그러니 빈객들을 원망하는 것은 옳지 않습니다. 그들을 예전과 같이 대우해 주십시오."

맹상군은 두 번 절하고 풍환이 시킨 대로 예전처럼 빈객들을 극진히 대우했다.

인재를 알아보는 안목

성우 : 맹상군이 이리저리 떠도는 사람들을 3천 명이나 거두어 먹여 살렸다니, 정말 대단해요. 그런데 맹상군의 깊은 뜻이 뭔지 궁금해요.

아빠 : 맹상군이 자기 아버지와 나눈 대화만 보더라도 그의 총명함을 알 수 있단다. 맹상군의 뛰어난 점은 개인의 다양성을 인정하고 그들을 받아들인 것이야. 특히 하찮은 재주를 지닌 사람들까지 모두 똑같이 빈객으로 대우한 것은 오늘날에도 본받을 만하지. 그는 이렇게 해서 나라를 다스리는 데 필요한 인재를 키울 수 있다고 생각한 거야.

성은 : 그렇지만 빈객들 중에는 도둑질 잘하는 자도 있었다고 하잖아요. 인재를 양성하는 것도 좋지만, 도둑까지 보살피는 것은 잘못 아닌가요? 맹상군이 생각한 인재의 기준이 무엇인지 의심스러워요.

아빠 : 음, 그건 참 어려운 문제야. 사실 지금 기준으로 보면, 거두지 말아야 할 사람을 도와준 것인지도 몰라. 그런데 결국 그런 사람들의 도움으로 목숨을 구할 수 있었잖아. 아마 우리와 같은 기준으로 사람을 판단했다면 맹상군은 위기에서 벗어나지 못했을 거야. 그렇다고 해서 도둑질을 권장할 수는 없어. 다만 맹상군은 그런 사람에게까지 기회를 주는 지혜를 가졌다는 점을 생각해 보자.

성우 : 풍환을 곁에 두고서 그의 말에 귀 기울인 것만 봐도, 맹상군이 얼마나 뛰어난 안목을 지녔는지 알 것 같아요.

아빠 : 풍환은 맹상군의 빈객 중에서 가장 뛰어난 사람이었어. 사실 맹상군이 제나라 재상에서 쫓겨났을 때 진나라 왕에게 맹상군을 재상으로 추천한 것도 풍환이었고, 맹상군이 모함을 당했을 때 목숨을 걸고 지켜준 이도 풍환이었어. 그런 풍환을 끝까지 믿고 따른 맹상군이야말로 그릇이 크다고 할 수 있지. 훌륭한 지도자는 자기 그릇을 잘 닦고 키워야 해. 또 능력 있는 사람을 알아보고 꼭 맞는 자리에 배치할 줄 아는 안목도 지녀야 한단다.

성은 : 맹상군이 재상에서 쫓겨나자 빈객들이 떠나잖아요. 풍환은 그게 당연하다고 말했지만, 제가 맹상군이라도 배신감을 느꼈을 것 같아요.

아빠 : 맹상군으로서는 은혜를 모르는 사람들이라고 섭섭해 할 만하지. 그런데 그것이 당연하다고 말한 풍환은 맹상군을 떠나지 않았어. 사람들이 떠나는 게 당연하다고 한 것은 이익에 따라 움직이는 세태를 말한 것이고, 풍환이 맹상군을 떠나지 않은 것은 자신을 알아준 사람에 대한 참다운 우정 때문이겠지.

'완벽(完璧)'의 전략가

「인상여 열전」

인상여는 강대국 진나라를 상대로 자기 뜻대로 행동했지만, 장군 염파에게는 자신을 낮추었고 조나라 임금을 위해 충성을 다함으로써 제후들의 존경을 받았다. 그래서 「인상여 열전」을 지었다.

—「태사공 자서」

나라를 위해 옥을 지키다

인상여는 조나라 사람이다. 조나라에는 '화씨벽'이라는 옥이 있었는데, 그것은 당시 천하제일의 보물로 알려져 있었다. 이 사실을 알게 된 진나라 소왕은 진나라의 성 열다섯 개와 화씨벽을 맞바꾸자고 제안했다. 이에 조나라 왕이 신하들을 모아 의견을 묻자, 인상여라는 신하가 이렇게 말했다.

"진나라는 강하고 조나라는 약하므로 들어주지 않을 수 없습니다. 다만 제가 옥을 가지고 가서 진나라가 성을 넘겨주면 옥을 주고, 진나라가 성을 넘겨주지 않으면 옥을 도로 가지고 오겠습니다."

이렇게 해서 조나라 왕은 인상여를 진나라로 보냈다. 인상여가 진나라 왕을 만나 옥을 바치자, 진나라 왕은 크게 기뻐하였고 신하들은 만세를 외쳤다. 그 모습을 보고 진나라가 성을 넘겨줄 생각이 없다는 것을 알아차린 인상여가 말했다.

"그 옥에는 흠이 딱 한 군데 있습니다. 그것을 왕께 보여 드리겠습니다."

왕이 옥을 내 주자 인상여는 옥을 갖고 기둥으로 물러선 채 외쳤다.

"우리 조나라의 신하들은 진나라를 믿을 수 없으니 옥을 보내서는 안 된다고 했습니다. 그러나 저는 백성들 사이에서도 그런 거짓은 있을 수 없는데, 하물며 나라와 나라 사이에 거짓 교제가 있을 리 없다고 생각하여 옥을 바치러 왔습니다. 그런데 지금 왕을 보니 성을 내 주실 것 같지 않습니다. 만약 왕께서 이 옥을 뺏으려 하신다면, 저는 기필코 옥을 깨어 버리겠습니다."

인상여의 기세를 보고 겁이 난 진나라 왕은 잘못했다 사과하고는, 신하에게 열다섯 개의 성을 조나라로 넘겨주라고 했다. 하지만 인상여는 그것도 거짓임을 알고 진나라 왕에게 말했다.

"이 화씨벽은 온 천하가 보물로 인정하는 것입니다. 그래서 조나라 왕은 닷새 동안 목욕재계한 다음 이 옥을 보냈습니다. 그러니 지금 왕께서도 닷새 동안 그리하신 뒤에 옥을 받으셔야 합니다."

진나라 왕은 도저히 강제로 옥을 빼앗을 수 없다는 사실을 알고는, 인상여의 제안을 허락하고 그를 나라의 손님이 머무는 집에 묵게 하였다. 인상여는 밤에 수행원을 시켜 몰래 화씨벽을 갖고 조나라로 가게 하였다.

나중에 이 사실을 안 진나라 왕은 화가 나서 어쩔 줄 몰라 했다. 신하들 중에 인상여를 끌어내 죽이려는 자가 있었지만, 진나라 왕은 그를 말리며 이렇게 말했다.

"지금 인상여를 죽인다고 해서 옥을 얻을 수는 없다. 오히려 조나라와의 평화만 깨질 것이다. 그러니 차라리 인상여를 잘 대우해서 조나라로 돌려보내는 것이 낫다."

이렇게 해서 인상여는 무사히 조나라로 돌아왔다. 이 일을 두고 사람들은 '옥을 완전하게 보존했다'고 해서 '완벽(完璧)'이라는 말로 인상여의 공을 칭찬했다.

그런데 얼마 뒤 결국 진나라는 조나라를 공격했다. 이때 조나라의 장군 염파가 진나라 군대에 맞서 싸웠다. 전쟁이 길어지자 진나라 왕은 조나라에 사신을 보내 진나라 땅인 면지에서 화친하자며 조나라 왕을 불렀다.

면지에 도착한 조나라 왕은 진나라 왕이 베푸는 술자리에 참석했다. 술자리가 한창 무르익자 진나라 왕은 조나라 왕을 모욕하기 위해 이렇게 말했다.

"평소 조나라 왕께서 음악을 좋아하신다는 말을 들었습니다. 저를 위해 비파를 연주해 주시지 않겠습니까?"

조나라 왕은 어쩔 수 없이 비파를 연주했다. 그러자 진나라 기록 담당자가 "아무 달 아무 날에 진나라 왕은 조나라 왕을 만나 술을 마시면서 조나라 왕에게 비파를 연주하게 했다."라고 적었다.

그러자 인상여가 진나라 왕에게 나아가 이렇게 말했다.

"진나라 왕께서는 진나라 음악에 능통하다 들었습니다. 그러니

진나라 왕께서도 질장구를 연주하여 서로 즐기게 해 주시기 바랍
니다."

진나라 왕이 성을 내며 허락하지 않자, 인상여는 "폐하와 저의
거리는 다섯 걸음도 안 됩니다. 제 목의 피가 폐하에게 뿌려져도
좋겠습니까?" 하면서 은근히 진나라 왕을 죽이겠다고 협박했다.
진나라 왕은 마지못해 질장구를 한 번 두드렸다. 그러자 인상여는
조나라 사관을 불러 이렇게 쓰게 했다.

"아무 달 아무 날에 진나라 왕이 조나라 왕을 위해 질장구를 두
드렸다."

물러날 줄 아는 용기

무사히 회합이 끝난 뒤 조나라로 돌아온 왕은 인상여를 상경에 임
명했다. 상경은 장군 염파보다 높은 지위였다. 그러자 염파는 몹
시 불쾌해하며 이렇게 말했다.

"나는 조나라 장군으로 전쟁에서 목숨을 걸고 큰 공을 세웠다.
그런데 인상여는 겨우 혀끝을 놀렸을 뿐인데 나보다 지위가 높다.
내 그를 만나면 기어코 모욕을 주겠다."

그 말을 전해 들은 인상여는 가능하면 염파와 마주치지 않도록
피했다. 조정에서 아침 회의가 있을 때마다 언제나 병을 핑계 대

고 참석하지 않았는데, 이는 염파와 다투기 싫어서였다. 집 밖에 나갔을 때에도 멀리서 염파가 오는 것이 보이면 수레를 끌고 골목으로 피하곤 했다. 그 때문에 인상여를 따라다니던 사람들이 모두 불평하며 이렇게 말했다.

"저희가 당신을 주인으로 모시는 것은 정의감이 높고 당당한 것을 우러르기 때문입니다. 그런데 염파 장군만 보면 피하시니, 저희는 참으로 부끄럽습니다."

그러자 인상여는 이렇게 물었다.

"염파 장군과 진나라 왕 중에 누가 더 무섭다고 생각하시오?"

"그야 진나라 왕이 더 무섭지요."

"나는 진나라 왕 앞에서 그를 꾸짖었던 사람이오. 그런 내가 염 장군을 정말 두려워하겠소? 진나라가 우리 조나라를 어쩌지 못하는 것은 나와 염파 장군이 있기 때문이오. 그런데 만약 우리가 서로 싸우게 되면 둘 다 무사하지 못할 것이오. 내가 염파 장군을 피하는 것은 나라를 위해서 사사로운 감정을 억제하는 것일 뿐이오."

이 말을 전해 들은 염파 장군은 윗옷을 벗어 죄인의 모습을 하고 가시나무로 만든 채찍을 등에 지고 인상여의 집 문 앞에 와서 사죄했다.

"더럽고 천한 인간이 당신의 생각을 미처 몰랐소이다."

이렇게 해서 두 사람은 화해하고 서로를 위해 기꺼이 목숨을 바

칠 수 있다고 맹세했다. 이를 두고 '서로 목을 찔러도 좋다'는 뜻
인 '문경지교(刎頸之交)'라는 말이 생겼다.

　태사공은 말한다.

죽음을 각오하면 반드시 용기가 넘친다. 인상여가 옥을 도로 받아 쥐
고 진나라 왕을 꾸짖을 수 있었던 것은 죽음을 각오했기 때문이다. 인
상여는 한 번 용기를 내서 조나라의 위엄을 적국에 떨치고, 물러나서
는 염파에게 양보했으니 지혜와 용기를 둘 다 지녔다고 할 수 있다.

· 사 기 를　묻 다 ·

참다운 용기와 진정한 우정

성우 : 지금까지는 '완벽'이란 말이 아주 빈틈이 없고 철두철
미한 태도를 가리키는 줄 알았어요. 이렇게 뜻밖의 의미를 갖
고 있다니, 깜짝 놀랐어요.

아빠 : 완벽은 '티가 전혀 없는 완전한 옥'을 뜻하지. 하지만
『사기』를 읽고 나면, 지혜와 용기를 겸비한 사람이 훌륭한 행

동을 한 데서 나온 말이란 걸 알 수 있단다. 보석처럼 빛나는 훌륭한 행동은 사람들에게 감동을 주잖니.

성은 : 그런데 인상여가 굳이 목숨을 걸면서까지 진나라 왕에게 질장구를 연주하도록 한 까닭은 무엇인가요?

아빠 : 진나라 왕이 먼저 조나라 왕에게 비파를 연주하게 한 것은 조나라가 마치 진나라의 속국인 것처럼 업수이 여겼기 때문이야. 인상여는 그런 뜻을 알아차리고 조나라가 진나라와 대등한 나라임을 분명히 하려고 했지. 그래서 진나라 왕에게 질장구를 연주하게 했어. 강대국을 상대로 대등한 외교를 펼쳤다는 점에서 인상여의 행동을 높이 평가할 수 있단다.

성우 : 강한 사람에겐 약하고, 약한 사람에겐 강한 것이 비겁하다는 걸 알면서도 이를 고치기가 쉽지 않잖아요. 그런데 인상여는 확실히 달랐던 것 같아요.

아빠 : 참다운 용기란 강자에게 강하고, 약자에겐 자신을 낮추는 것이지. 인상여는 그것을 몸소 보여 줌으로써 사람들로부터 존경받았을 뿐만 아니라, 자신을 적대시했던 염파 장군까

지도 감동시켰어. 사람을 움직이는 것은 힘이 아니라 참다운 용기라는 사실을 보여 주는 예가 아니겠니.

성은 : 멋진 우정을 또 하나 발견해서 참 기뻐요. 관포지교, 죽마고우 같은 우정도 있지만, 인상여와 염파 장군의 우정이 가장 멋져요.

아빠 : 관포지교(管鮑之交)가 관중과 포숙아의 우정을 말한다는 것은 잘 알고 있지? 죽마고우(竹馬故友)는 훨씬 뒤에 만들어진 고사성어야. 여러 가지 우정 중에서 인상여가 주인공인 문경지교(刎頸之交)야말로 가장 단단한 우정이라고 할 수 있지. 목숨까지 바칠 수 있는 우정이니까.

성우 : 인상여 같은 사람이 되고 싶기도 하고, 인상여 같은 친구를 사귀고 싶기도 해요.

아빠 : 지혜롭고 용기 있는 사람이 되기 위해 노력하는 것만으로도 인생은 의미 있고 아름다울 거야. 나 자신을 갈고닦는 사람에겐 그런 친구가 생길 거야. 생각처럼 쉽진 않지만 아빠는 아직까지도 그걸 인생의 숙제로 삼고 있단다.

세상의 더러움에 물들지 않다

「굴원 열전」

굴원은 뛰어난 문장으로 임금의 잘못을 간곡하게 말리고, 온갖 사
물을 예로 들어 의리를 분명히 드러내 충신의 본보기가 되었다. 그
래서 「굴원 열전」을 지었다.

－「태사공 자서」

뛰어난 문장으로 나라를 걱정하다

굴원(屈原)은 이름이 '평(平)'이고, 자가 '원(原)'이다. 초나라의 왕족으로 초나라 회왕의 신하가 되었는데, 기억력이 뛰어나고 지식이 풍부하여 정사(政事)에 밝았고 뛰어난 문장으로 이름이 높았다. 궁중에 들어가서는 임금과 나랏일을 의논하여 명령을 내리고, 밖에 나와서는 손님을 접대하고 제후를 응대하는 일을 잘하여 왕의 신임을 얻었다.

그런데 당시 굴원과 같은 지위에 있던 상관대부 근상이라는 자가, 임금의 신임을 얻은 굴원을 늘 미워하였다. 마침 왕이 굴원에게 새로운 법령을 만들라고 하여 초안을 마련하자, 근상이 그것을 자기가 지은 것으로 해 달라고 요구하였다. 굴원이 거절하자, 근상은 왕에게 굴원을 이렇게 헐뜯었다.

"새로운 법령을 만들게 한 분이 임금님이라는 걸 모르는 자가 없습니다. 그런데도 굴원은 법령을 하나씩 만들 때마다 모두 자기의 공로라고 자랑하고, 자신이 아니면 누구도 할 수 없는 일이라고 떠들고 있습니다."

왕은 근상의 말을 사실로 믿고 굴원을 멀리하였다. 굴원은 왕이 신하의 말을 가려들을 줄 모르고 올바른 선비를 받아들이지 않는 것을 보고, 나라를 깊이 걱정하게 되었다. 거짓으로 아첨하는 무리가 왕의 판단력을 흐리고 그릇된 말로써 나라를 해치는 것을 가슴 아프게 여긴 그는, 나라를 걱정하는 글을 여러 편 지었다.

왕이 굴원을 멀리할 무렵, 진나라가 제나라를 정벌하려고 했다. 당시 제나라는 초나라와 동맹을 맺고 있었다. 그 때문에 진나라 혜왕은 초나라가 제나라를 도울까 걱정하여 '장의'라는 자를 보내 이렇게 말했다.

"우리 진나라가 제나라를 치려고 하는데, 초나라가 제나라를 도울까 걱정됩니다. 만약 초나라가 제나라와 맺은 동맹국의 약속을 깬다면, 우리 진나라는 6백 리의 땅을 초나라에 바치겠습니다."

땅에 욕심이 난 초나라 회왕은 장의의 말을 믿고 제나라와 맺은 동맹을 파기하고 국교를 단절했다. 그리고는 진나라에 사신을 보내 6백 리의 땅을 달라고 요구했다. 그러자 장의는 6리의 땅을 준다고 했지, 6백 리를 준다고 한 적 없다며 말을 바꾸었다. 화가 난 초나라 회왕은 군대를 일으켜 진나라를 공격했지만, 도리어 크게 패해 한중 지역을 빼앗기고 말았다. 게다가 그 틈을 타, 이웃 위나라가 초나라를 공격해 왔다. 이에 초나라는 제나라에 구원을 요청했다. 그러나 앞서 초나라가 배신한 것을 괘씸하게 여긴 제나라가 초나라를 도와주지 않아 초나라는 크게 고통을 당했다.

스스로 몸을 던져 지조를 지키다

그 뒤 진나라 소왕은 초나라에 사신을 보내 혼인을 맺자는 핑계를 대면서 회왕에게 진나라로 와 달라고 청했다. 회왕이 진나라로 가려고 하자, 굴원이 왕에게 나아가 극구 말렸다.

"진나라는 범같이 무서운 나라이므로 절대 믿어서는 안 됩니다. 임금께서는 가지 마십시오."

그러나 회왕의 막내아들이었던 자란이 나서서, 강대국 진나라와 잘 지낼 수 있는 기회를 어찌 마다하느냐고 하였다. 결국 진나라로 간 회왕은 붙잡혀 초나라로 돌아오지 못하고 진나라에서 죽고 말았다.

회왕이 죽고 나자 맏아들이 왕이 되고, 자란이 재상이 되었다. 초나라 사람들은 회왕이 자란의 권고로 진나라로 갔다가 죽었다는 사실을 알고 모두 그를 미워하였다. 굴원도 일찍부터 자란을 미워했는데, 그 사실을 안 자란은 상관대부 근상을 시켜 굴원을 모함하였다. 새로 임금이 된 경양왕은 근상의 말을 믿고 굴원을 멀리 내쫓았다.

쫓겨난 굴원은 머리를 풀어 헤친 채 노래를 읊으며 방황하였는데, 안색이 초췌하고 몸은 말라서 마치 마른 고목과 같았다. 그때 어부가 나타나 이렇게 물었다.

"당신은 높은 벼슬을 하던 굴원이 아니신가요? 어쩌다 이렇게
되셨습니까?"

굴원이 대답했다.

"온 세상이 다 혼탁한데 나만 홀로 깨끗하고, 뭇사람이 다 취해
있는데 나만 홀로 깨어 있소. 그래서 쫓겨났습니다."

어부가 말했다.

"내가 듣자 하니 성인은 세상에 구애 받지 않고, 세상 형편에 따
라 잘 처신한다고 합디다. 세상이 다 혼탁하다면, 어찌하여 그 흐
름에 따라 함께 흘러가지 않습니까? 뭇사람이 다 취해 있다면 어
찌하여 그 술 찌꺼기라도 함께 먹지 않습니까? 어찌하여 뛰어난
재능을 가지고 이렇게 쫓겨났습니까?"

굴원이 대답했다.

"머리를 막 감은 자는 반드시 모자를 털고, 새로 목욕한 자는 반
드시 옷을 턴다고 했습니다. 누가 그 깨끗한 몸을 때와 먼지로 더
럽히려 하겠습니까? 그러느니 차라리 강물에 몸을 던져 고기밥이
되겠습니다. 어찌 희디흰 몸으로 세속의 더러운 먼지를 뒤집어쓰
겠습니까?"

이렇게 말한 뒤 굴원은 유명한 「회사부懷沙賦」를 지었는데 그
내용은 다음과 같다.

봉황새가 조롱에 갇히니 뱁새가 비웃고,

옥과 돌이 함께 섞이니 사람들이 한 가지로 아는구나.

아무리 어질고 아무리 의로워도,

성군을 만날 수 없으니 누가 알아보겠는가.

마음의 슬픔은 끝이 없구나.

어지러운 세상이 나를 알아주지 않는다 탓하지 않으리.

죽음을 피할 길 없으니 어찌 삶에 매달리랴.

말하노니 군자여!

내 그대들의 본보기가 되리라.

굴원은 끝내 스스로 돌을 안고 멱라수에 몸을 던져 죽었다. 그 뒤 초나라는 조금씩 국력이 약해지더니 결국 진나라에 망하고 말았다.

굴원은 올바른 도리를 실천하고 충성과 지혜를 다하여 임금을 섬겼는데도 헐뜯음을 당하여 어려운 처지에 빠졌다. 그의 문장은 간략하고 말은 쉬웠지만, 그 글과 말을 통해 드러나는 그의 뜻과 도리는 지극히 크고 높았다. 뜻이 높고 아름다웠기 때문에 글이 향기로웠고, 행동이 깨끗했기 때문에 세상의 인정을 받지 못하고 죽게 되었다. 진흙 속에서 씻겨 진흙을 벗어나고, 세속의 티끌 밖에 노닐어 세상의 더러움에 물들지 않았으니, 그 지조를 살펴보면 해나 달과 같이 밝다고 할 수 있을 것이다.

삶보다 귀한 죽음

성은 : 읽는 내내 답답해서 혼났어요. 굴원은 쫓겨나기까지 했는데도 어떻게 끝까지 충성심을 지킬 수가 있지요? 저 같으면 어부가 말한 것처럼 세상 흐름을 따라서 살든가, 아니면 아예 그런 나라를 떠나 버릴 것 같아요.

아빠 : 어부의 태도는 세상과 적당히 타협하면서 살라는 건데, 굴원은 그렇게 하기를 거부한 거지. 그런데 어부는 물고기 잡는 사람이지만, 굴원은 나라를 다스리는 사람이야. 만약 나라를 다스리는 사람이 나라가 망해 가는 데도 막을 생각을 하지 않는다면, 아무도 그런 사람을 좋아하진 않을 거야.

성우 : 굴원의 뜻이 옳다면, 어떻게든 살아서 자기 뜻을 펼쳐야 하는 것 아니에요? 뜻을 지키기 위해 죽는다는 건 이해가 안 돼요.

아빠 : 죽음을 통해 사람들에게 자신의 뜻을 알릴 수도 있어.

그래서 '죽음도 삶의 한 부분'이라는 말이 있고, '사람의 인격은 죽어서도 계속된다'는 격언이 설득력이 있는 거야. 따져 보면 어떤 사람은 살려고 기를 쓰는데 '죽음보다 못한 삶'이 되기도 하고, 어떤 이는 죽었는데도 살아 있는 것 이상으로 큰일을 이루기도 하지.

굴원이 물에 빠져 죽자 수많은 백성들이 몰려나와 물고기 밥을 던져 주며 굴원의 시신을 지키려 했다고 해. 죽은 지 2,200년이 흐른 지금까지도 그를 추모하는 행사가 계속되고 있다니 '삶보다 귀한 죽음'이라 할 만하지.

성은 : 아무리 능력 있고 훌륭한 사람이어도 세상이 알아보지 못하면 별 의미가 없는 것 같아요.

성우 : 그래, 내 주변에도 꽤 괜찮은 친구들이 '우리나라에선 제대로 배우기 어렵고, 실력을 충분히 발휘하기도 어려운 것 같다'면서 유학을 떠났어.

아빠 : 세상이 좋아야 사람들이 즐겁게 살고, 자기 능력을 한껏 발휘할 수 있지. 내가 몸담고 있는 사회가 어떠냐에 따라 우리 삶이 달라지거나 영향을 받는 건 분명해. 하지만 사회적 여건

이 덜 갖추어졌거나 문제가 있다고 해서 떠나는 건 참 아쉽구나. 문제를 해결하기 위해 도전하고 싸우는 것이야말로 인간만이 할 수 있는 아름답고 가치 있는 행동이지. 굴원은 그렇게 하기 위해서 애썼던 사람이야. 무엇보다 자신의 생각을 글로 써서 후세 사람들의 모범이 되었으니까.

자식을 황제로 만들다
「여불위열전」

볼모로 잡혀 가 있던 공자 자초를 후원하여 진나라의 임금으로 세우고, 그의 아들이 최초의 황제가 되게 한 이는 여불위이다. 그래서 「여불위 열전」을 지었다.

– 「태사공 자서」

길게 보고 투자한다

여불위는 양책의 큰 상인이었다. 천하 여러 곳을 돌아다니면서 물건 값이 떨어지면 사들이고, 비싸지면 내다 팔아 많은 돈을 모았다.

당시 진나라의 태자였던 안국군에게는 아들이 20여 명 있었다. 안국군이 가장 총애하던 화양부인은 정부인이었지만 아들이 없었다. 안국군의 둘째 아들은 자초였는데 그를 낳은 하희는 안국군의 사랑을 받지 못했다. 자초는 조나라에 볼모(나라 사이에 조약 이행을 담보로 상대국에 억류해 두던 왕자나 그 밖의 유력한 사람)로 붙잡혀 있는 신세였는데, 진나라가 자주 조나라를 공격하자 조나라가 그를 냉대하여 먹는 것과 입는 것조차 변변치 못했다.

어느 날 여불위가 장사 일로 조나라 서울 한단에 갔다가 자초를 보았다. '기이한 재물이로군. 투자할 만하다.'라고 생각한 그는 자초를 만나 이렇게 말했다.

"내가 당신의 집안을 번창하게 해 주겠습니다."

그러자 자초는 웃으면서 이렇게 말했다.

"먼저 그대 집안부터 번창하게 한 다음 내 집안을 번창하게 해 주시오."

"모르시는군요. 내 집안은 당신 집안이 번창하면 저절로 번창하게 될 것입니다."

자초는 그제야 여불위가 진심임을 깨닫고 그를 안으로 불러들였다. 여불위는 이렇게 말했다.

"지금 진나라 왕은 나이가 많으므로 얼마 안 되어 태자인 안국군이 임금이 될 것입니다. 제가 들으니 안국군은 화양부인을 총애한다고 합니다. 그런데 화양부인에게는 아들이 없으므로 누군가 뒤를 잇도록 양자를 들여야 할 터인데, 그것은 오직 화양부인의 마음에 달려 있습니다. 그러므로 화양부인의 양자가 되면 장차 진나라의 왕이 될 수 있습니다. 하지만 지금 당신은 멀리 남의 나라에 볼모로 와 있는 처지라 화양부인의 눈에 들기 어려울 것입니다. 나는 당신을 위해 천금을 던져 화양부인과 안국군의 마음을 사겠습니다. 그리하여 당신이 진나라의 태자가 되게 할 것입니다."

그 말을 들은 자초는 머리를 숙이고 말했다.

"만약 그리된다면, 내 진나라를 그대와 나누어 가지겠소."

그 뒤 여불위는 진기한 노리개를 많이 사서 진나라로 갔다. 먼저 화양부인의 언니를 만나, 가지고 간 노리개의 일부를 바쳐 환심을 산 여불위는, 화양부인을 만나 노리개를 모두 바치고 이렇게 말했다.

"조나라에 붙잡혀 있는 자초는 어질고 지혜로운 사람인데, 부인을 사모하고 안국군을 흠모하여 밤낮으로 눈물을 흘리고 있습니다."

부인은 매우 기뻐하였다. 여불위는 다시 언니를 시켜 이 같은 뜻을 전하게 했다.

"내가 들으니 아름다운 외모로 사랑받는 사람은 외모가 시들면 사랑도 식는다고 합니다. 지금 부인은 태자의 사랑을 얻고 있지만 아들이 없습니다. 이대로 늙게 되면 태자의 사랑도 식을 것이고, 태자가 죽고 나면 버림받는 처지가 될 수도 있습니다. 그러니 효성스러운 공자와 인연을 맺어 누가 대를 이을지를 미리 정해 두어야, 남편이 죽고 나서도 세력을 잃지 않을 것입니다. 지금 조나라에 있는 자초는 늘 부인에게 마음을 쏟고 있습니다. 그러니 그를 양자로 들여 후일을 기약하는 것이 좋을 듯합니다."

화양부인은 그 말이 옳다고 여겨 결국 자초를 양자로 들었다. 그 뒤 진나라 소왕이 죽고 안국군이 임금이 되자 자초는 태자가 되었다. 안국군은 즉위한 지 1년 만에 죽었고, 마침내 자초가 진나라의 왕이 되었는데, 그가 장양왕이다.

황제의 아버지가 되다

여불위는 조나라의 여인과 동거하고 있었는데, 그녀는 여불위의 아이를 임신하고 있었다. 어느 날 자초가 여불위의 거처에 왔다가 그녀를 마음에 들어 하자, 여불위는 여인을 자초에게 보냈다. 여인은 그 뒤 열 달 만에 아이를 낳았고, 그 아이를 자신의 아이라고 생각한 자초는 그녀를 부인으로 삼았다. 장양왕(자초)은 임금이 된 지 3년 만에 죽고, 그의 아들, 곧 여불위의 아들이 진나라 왕이 되었다. 그가 바로 훗날의 진 시황제이다. 진나라 왕은 자신의 어머니를 태후로 높이고, 여불위를 존경하여 재상으로 삼았으며, 아버지에 버금간다는 뜻에서 '중부(仲父)'라고 불렀다. 여불위의 집에는 하인이 만 명에 이르렀다고 한다.

그 당시 제나라의 맹상군을 비롯한 각 국의 귀족들은 수천 명의 빈객을 초대하여 인재를 양성하였다. 여불위는 진나라가 강대국임에도 빈객이 없는 것을 수치로 여겨, 천하의 선비들을 불러 후하게 대우했다. 그 결과 그의 문하에는 3천여 명의 빈객이 모여들었다. 여불위는 이들에게 자신의 학식과 견문들을 저술로 남기게 하였는데, 그 양이 20여만 글자에 이르렀다. 이 방대한 기록물이 『여씨춘추』다. 그는 이 책을 진나라의 수도인 함양에 진열해 두고, "한 자를 보태거나 한 자를 뺄 수 있는 자에게는 천금을 주겠다."라고 했지만, 아무도 그렇게 하지 못했다.

한편 여불위는 자신의 아들이 진나라 왕이 된 뒤에도 태후와 부정한 관계를 맺고 있었으나, 끝내 발각될까 두려워 태후와 관계를 끊었다. 대신 노애라는 자를 태후에게 보내 둘이 부정한 관계를 맺도록 했다. 노애를 좋아한 태후는 그를 환관이라고 속여서 곁에 두고 두 명의 아이를 낳았다. 그러다 진나라가 천하를 통일한 지 9년이 되는 해에, 노애가 실은 환관이 아니고 태후와 부정하게 통하는 자라는 밀고(남몰래 넌지시 일러바침)가 있어 모든 일이 밝혀졌다. 진 시황제가 관리를 시켜 조사해 본 결과, 태후와 노애의 부정 행위, 그리고 여불위의 잘못까지 모두 드러났다. 노애는 자신의 악행이 발각된 것을 알고 태후의 도장을 위조하여 군사를 모아 반란을 일으켰으나, 진 시황제는 군대를 보내 그를 치게 한 다음, 노애와 태후 사이에서 난 두 아들과 함께 일족을 모조리 죽였다.

이어서 진 시황제는 여불위까지 죽이려 했으나 그를 변호하는 이들이 많아서 죽이지 못하였다. 이에 여불위의 직책을 빼앗아 도성에서 내쫓고 하남 땅에 머물게 했다. 그러나 1년이 지나도 여불위가 거처하는 곳에는 그를 만나려는 빈객들이 끊이지 않았다. 반란이 일어날까 두려웠던 진 시황제는 그에게 이런 내용의 편지를 보내, 그를 촉으로 유배 보내려 했다.

"그대는 진나라에 무슨 공로가 있어서 하남 땅을 차지하고 있는가? 또 그대는 나와 무슨 혈연이 있어 나로부터 '중부'라는 호칭을 듣는가? 가족을 모두 데리고 촉 땅으로 떠나도록 하라."

권세가 점점 약해져서 결국에는 죽음을 면하지 못할 것이라 생각한 여불위는 독약을 마시고 자결하고 말았다.

성공을 위해 모든 것을 바친 사람

성우 : 어느 시대, 어느 나라든 왕 주변에는 권력을 쥐려는 사람들의 무서운 두뇌 싸움이 벌어졌군요. 여불위가 자기 자식의 성공까지 미리 계산해서 행동했다니 정말 놀라워요.

아빠 : 그는 세상 사람들이 무엇을 기준으로 움직이는지 정확하게 알았던 거지. 세속적 가치가 무엇인지 알고, 그것을 자신의 목적에 맞게 활용하는 것은 성공의 중요한 요소라 할 수 있단다.

성은 : 그러니까 여불위는 그 유명한 진 시황제의 진짜 아버지네요? 이런 비밀이 있었구나! 아무리 그래도 사랑하는 사람과 자식까지 넘겨주다니, 자신의 성공을 위해서라면 사랑과 인륜까지 버리는 사람을 훌륭하다 할 수 있을까요?

성우 : 그러다 여불위는 자식에게 내몰려 죽을 수밖에 없는 운명
이 되었죠. 결국 자기 미래를 내다보고 자살로 인생을 끝냈잖아
요. 평생을 바친 성공이란 게 참 허무하다는 생각도 들어요.

아빠 : 그래. 여불위는 성공하기 위해서 거래해서는 안 될 것을
주고받은 셈이지. 어찌 보면 여불위가 이룬 성공은 정상적인
방법으로는 불가능한 것이었다고 할 수 있어.

성우 : 여불위 이야기를 듣다 보니까 사람들에게 대동강 물을
팔았던 봉이 김선달이 생각났어요. 뭔가 공통점이 있는 것 같
아요.

성은 : 그러고 보니 『허생전』도 생각나는데! 봉이 김선달과 허
생 둘 다 현재 상황을 아주 잘 파악했고, 앞으로 벌어질 일까
지 정확히 예측했잖아. 그래서 엄청난 돈을 벌었으니 말이야.

아빠 : 여불위, 김선달, 허생은 모두 현실이나 미래를 보는 능
력이 아주 뛰어났던 것 같다. 그런데 김선달이나 허생은 돈 버
는 것 자체가 목적은 아니었어. 김선달이 대동강 물을 판 것이
나 그가 한 엉뚱한 행동들을 보면, 주로 부패한 관리나 못된

양반을 벌주기 위한 경우가 많았거든.

또 허생은 물건이 흔할 땐 싸고, 귀할 땐 비싸다는 가장 기본적인 경제 원리를 이용해서 순식간에 엄청난 돈을 벌었지. 하지만 그는 마음만 먹으면 얼마든지 부자가 될 수 있다는 걸 사람들에게 보여 주고 벌어들인 돈을 아낌없이 버렸어. 자신이 마지못해 가난한 선비로 사는 게 아니라, 옳다고 믿는 대로 살고 있다는 걸 몸소 보여 준 거야.

그럼 여불위는 어떨까? 그는 자기 자식을 황제로까지 만들었으니 김선달이나 허생보다 훨씬 능력이 뛰어났는지도 몰라. 하지만 여불위는 자기의 성공과 행복을 위해서만 그 능력을 쓴 셈이지. 자기가 원하는 것을 얻기 위해서 수단을 가리지 않는 사람이라고 할 수 있어.

알아주는 사람을 위해 목숨을 바치다
「자객 열전」

조말과 예양은 모두 의협심이 뛰어난 사람들로, 어떤 이는 성공하고 어떤 이는 실패하였다. 그러나 그들의 목적은 뚜렷했고 자신들의 뜻을 욕되게 하지 않았으니 그들의 이름을 후세에 전함이 마땅하다. 그래서 「자객 열전」을 지었다.

- 「태사공 자서」

침략자에 홀로 맞서다

조말은 노나라 사람인데 용맹한 것으로 소문이 났다. 노나라 장공은 힘이 센 자를 좋아해서, 조말을 장군으로 기용하여 제나라의 침략에 맞섰다. 그렇지만 강대국 제나라와 세 번 싸워 세 번 모두 패하고 말았다. 장공은 두려운 마음에 결국 노나라 영토의 일부를 제나라에 바쳐 화해하기에 이르렀다. 하지만 조말은 그대로 장군으로 삼고 곁에 두었다.

제나라 환공은 노나라의 화해 요청을 받아들여 가(柯)에서 노나라 장공과 만났다. 환공이 장공과 막 맹약을 맺으려는 순간, 조말이 칼을 꺼내 들고 환공을 위협했다. 환공의 좌우에 있던 신하들이 어쩔 줄 몰라 하고 있었는데 환공이 조말에게 물었다.

"그대가 원하는 게 뭔가?"

조말은 이렇게 대답했다.

"제나라는 강하고 노나라는 약합니다. 그런데 제나라는 대국으로서 번번이 노나라를 침략하여 땅을 빼앗아 가니 행패가 너무 심하지 않습니까? 지금 노나라 도성이 무너지면 그곳이 바로 제나라의 국경이라고 해도 될 정도로 노나라의 영토는 남아 있는 게 없습니다. 그러니 임금께서는 잘 생각해 보십시오."

목숨의 위협을 느낀 환공은 어쩔 수 없이 빼앗았던 노나라의 땅을 모두 돌려주기로 약속했다. 말이 끝나자 조말은 칼을 던져 버리고 단 아래 자기 자리로 돌아가 앉았다. 얼굴색은 전혀 변함이 없고 말투도 그대로였다.

제나라 환공이 화를 내며 약속을 어기려 하자 관중이 이렇게 말했다.

"안 됩니다. 작은 이익을 탐내 제후들에게 믿음을 잃어버리면 천하의 도움을 받지 못하게 됩니다. 약속대로 땅을 돌려주는 것이 좋습니다."

이렇게 해서 제나라 환공은 노나라의 영토를 모두 돌려주었다. 조말은 노나라가 세 번 패하여 빼앗겼던 땅을 모두 회복한 셈이다.

아름다운 이름을 위해 목숨을 바치다

예양은 진(晉)나라 사람이다. 일찍이 범씨와 중항씨를 섬겼지만 이름이 크게 알려지지는 않았다. 나중에 지백을 섬겼는데, 지백은 그를 매우 존중하여 나라의 스승으로 대우했다. 당시 진나라는 지씨와 조씨, 한씨, 위씨가 나누어 차지하고 있었다. 지백이 조양자를 치자 조양자는 한씨, 위씨와 힘을 합쳐 지백을 죽인 뒤, 그가 가졌던 영토를 삼등분하여 나누었다.

지백이 죽자 예양은 산속으로 도망쳐서 이름을 바꾸고, 죄인의 무리에 끼어 조양자의 궁중으로 들어갔다. 그곳에서 그는 뒷간 벽을 칠하는 일을 하면서 조양자가 오기를 기다렸다. 그날따라 뒷간에 갈 때 마음이 불안했던 조양자가 벽을 칠하는 죄수들을 불러 조사하게 했다. 품에 칼을 감추고 있다가 발각된 예양은, "지백의 원수를 갚으려 했다."라고 말했다.

좌우에 있던 이들이 예양을 죽이려 했지만 조양자는 그들을 말렸다. "의로운 사람이다. 그저 내가 조심해서 피해 다니면 그만이다. 지백은 죽고 이제 자손도 하나 없는데 옛 신하로 그를 위해 복수하려는 것은 아주 훌륭한 인물이 아니면 할 수 없는 일이다." 하고는 예양을 풀어 주었다.

예양은 이번에는 몸에 옻칠을 하여 문둥병에 걸린 것처럼 위장하고, 숯을 삼켜 목소리를 바꾼 다음 시장에서 구걸을 하면서 복수할 기회를 노리고 있었다. 아내도 알아보지 못한 그의 모습을 친구가 알아보고 울면서 말했다.

"자네만 한 재능을 가지고 예물을 바치며 잘 보이면 조양자의 신하가 될 수 있고, 조양자는 반드시 자네를 가까이 할 것이네. 그리되면 자네가 하고자 하는 일을 오히려 쉽게 이룰 수 있지 않겠는가. 어찌하여 이렇게까지 스스로를 혹사시킨단 말인가."

그러자 예양은 이렇게 대답했다.

"예물을 바쳐 신하가 된 뒤에 주인을 죽이려 하는 것은, 겉으로는 섬기는 척하면서 속으로는 해치려는 두 마음을 품는 일이네. 지금 내가 하는 일은 지극히 고통스럽지만, 장차 후세의 사람들에게 남의 신하가 되어서도 두 마음을 품는 자를 경계시키고자 함이네."

얼마 뒤 조양자가 외출할 때, 예양은 다리 밑에 숨어 있다가 그를 해치려 하였다. 조양자가 다리 가까이 이르자 말이 놀라 펄쩍 뛰었다. 틀림없이 예양 때문이라 생각한 조양자가 수색하게 하자, 과연 예양이 붙잡혀 나왔다. 조양자는 예양을 이렇게 꾸짖었다.

"그대는 일찍이 범씨와 중항씨를 섬겼는데 지백이 그들을 모두 죽였다. 그런데도 그대는 그들을 위해 복수하지 않고, 지백에게 예물을 바치고 그를 섬겼다. 그대는 어찌하여 지백을 위해서만 이토록 끈질기게 복수하려 하는가?"

"내가 범씨와 중항씨 밑에 있었지만 그들은 나를 보통 사람으로 대했소. 그래서 나도 그들을 보통 사람으로 대한 것입니다. 하지만 지백은 나를 나라의 스승으로 대해 주었소. 그 때문에 나도 그에게 보답하려는 것이오. 모름지기 선비는 자기를 알아주는 이를 위해 목숨을 바치는 법이라오."

조양자는 크게 탄식하면서 눈물을 흘리며 이렇게 말했다.

"아, 예양이여! 지백을 위한 그대의 도리는 이미 극진하다. 그렇지만 내가 그대를 용서하는 것도 이제는 충분하다. 그대는 각오하라. 나는 더 이상 그대를 용서하지 않을 것이다."

그러고는 군사에게 명령하여 예양을 포위하게 하였다. 그러자 예양은 이렇게 말했다.

"훌륭한 군주는 다른 사람의 아름다움을 가리지 않고, 충신은 아름다운 이름을 위해 목숨을 바친다고 들었소. 앞서 그대는 나를 너그러이 용서하여 천하에 그대를 칭찬하지 않는 이가 없소. 오늘은 나도 두말하지 않고 목숨을 바칠 것이오. 그러나 그대의 옷을 얻어 그것이라도 베어 복수하려는 마음을 달랠 수 있다면 죽어도 한스러울 것이 없겠소."

조양자는 크게 감탄하고 그에게 자신의 의복을 주게 하였다. 예양은 칼을 뽑아 조양자의 옷을 세 번 베고 난 다음 이렇게 말했다.

"나는 이 사실을 지하의 지백에게 보고할 것이다."

그러고는 마침내 칼날에 엎어져서 자결하였다. 이날 조나라의 지조 있는 선비들은 이 말을 전해 듣고는 모두 눈물을 흘리며 울었다고 한다.

의협심으로 역사에 남은 사람들

성우 : 조말은 강대국의 임금을 상대하여 침략의 부당함을 인정하게 했잖아요. 도대체 그런 용기는 어디서 생기는지 모르겠어요.

아빠 : 조말이 용맹하기도 했지만, 상대가 그르다는 확신이 있었기 때문에 나라를 위해서 목숨을 걸었던 거지. 옳지 못한 일을 그냥 넘기지 않는 의협심이야말로 용기 있는 행동의 뿌리라고 할 수 있어.

성은 : 조말도 그렇지만 제나라 환공도 대단하다는 생각이 들어요. 요구를 들어주지 않아도 괜찮을 텐데 관중의 말을 듣고 약속을 지켰잖아요.

아빠 : 그래. 환공은 춘추시대의 으뜸가는 패자로 인정 받았는데, 바로 이 경우처럼 큰 이익을 위해 작은 이익을 양보할 줄 알았기 때문이지. 제나라가 패자가 된 것은 국력이 강했기 때

문만이 아니라 늘 올바른 명분으로 제후들을 승복시킬 수 있었기 때문일 거야.

성우 : 예양은 자기를 용서해 준 조양자의 마음을 알았을 것 같아요. 그런데도 몸에 옻칠을 하고 숯가루를 마시면서까지 뜻을 바꾸지 않았죠. 그는 지켜야 할 더 큰 뜻이 무엇인지 잘 알고 있는 사람 같아요!

아빠 : 예양은 올바르지 못한 방법으로는 의로운 일을 할 수 없다는 사실을 보여 준 것이지. 목적을 위해서 수단과 방법을 가리지 않는 요즘, 우리에게 깊은 생각거리를 주지 않니? 함부로 생각을 바꾸지 않는 태도와 고통을 참아내면서까지 지킬 것을 지키는 마음을 우리에게 보여 주는구나.

성은 : 아빠, 옛날에는 나라의 큰일을 자객이 나서서 해결하는 경우가 많았나 봐요. 그런데 이건 요즘 문제되는 테러리스트와 다를 게 없지 않나요? 예양은 자신을 알아주는 사람을 위해 목숨을 바친다고 했는데, 꼭 그렇게까지 할 필요가 있을까 싶어요. 목숨을 바쳐 복수하기보다는 살아서 더 뜻있는 일을 하는 것이, 죽은 지백을 위해서도 다른 사람을 위해서도 좋은

일이 아닌가 싶어요.

아빠 : 참 어려운 문제야. 예양의 경우는 자기의 가치를 알아주었던 사람에게 보답하는 유일한 길이 목숨을 바쳐 복수하는 것이라고 생각했는데, 그게 꼭 현명한 태도인지는 사람마다 다르게 생각할 수 있어. 더욱이 복수는 또 다른 복수를 낳을 수밖에 없기 때문에, 보복주의는 야만적 방식이라는 비판을 받는단다. 그래서 아무리 정당한 이유가 있어도 테러리스트 또한 모두에게 인정을 받지는 못하는 거야. 하지만 분명한 것은 예양이 용기 있게 행동했을 뿐만 아니라 일관성 있는 모습을 보여 주었다는 점이지. 그 때문에 당시 사람들은 예양의 행동을 높이 평가했던 거야.

역사를 돌아보면 목적과 그 목적을 이루는 수단이 정당한지를 생각하게 되는 경우가 많단다. 삶은 끊임없는 선택의 과정인데, 그 선택이 무엇을 위한 건지, 그걸 이루려면 어떤 방법이 옳은지, 늘 깊이 생각해 봐야 한단다. 사마천은 수많은 역사의 예를 통해서 우리가 더 지혜롭게 판단하고 제대로 선택하기를 바란 게 아닐까?

천하통일의 계책을 세우다
「이사 열전」

이사는 계획을 분명히 세우고 때를 잘 살폈다. 진나라가 발전하여
마침내 천하를 통일할 수 있었던 것은 모두 이사의 계책에 힘입은
것이었다. 그래서 「이사 열전」을 지었다.

— 「태사공 자서」

비천하고 가난한 처지를 한탄하다

이사는 초나라 사람이다. 젊은 시절 고을의 하급 관리로 있을 때 관청의 뒷간에 살던 쥐가 지저분한 것을 먹고 있다가 사람이나 개가 가까이 가면 놀라 달아나는 것을 자주 보았다. 그러던 어느 날, 곳간에 살던 쥐가 곡식을 갉아먹는데 사람이 다가가도 놀라는 기색 없이 태연한 것을 보고는 이렇게 한탄했다.

"사람이 잘나고 못남도 쥐와 같구나. 어떤 곳에 사느냐에 따라 이리 다르구나!"

이사는 당대의 유명한 학자였던 순자를 스승으로 모시며 제왕의 도리를 배웠다. 학업을 마친 뒤 이사는 초나라 임금은 심기기에 부족하다고 생각하여 강대국 진(秦)나라로 떠나면서 순자에게 이렇게 작별 인사를 했다.

"비천한 것보다 부끄러운 일이 없고, 가난한 것보다 슬픈 것이 없습니다. 비천하고 가난한 처지로 세상의 부귀를 미워하면서 아무 하는 일 없이 스스로 고상한 체하는 것은 선비가 할 일이 아닙니다. 그래서 저는 진나라 왕을 만나 저의 계책을 써 달라고 말하려 합니다."

진나라로 간 이사는 여불위의 식객으로 머물렀는데, 여불위는 이사가 뛰어난 인물임을 알아보고 그를 진나라 왕에게 추천하였다. 이사는 진나라 왕을 만나 이렇게 말했다.

"옛날 진나라 목공은 서쪽의 패자가 되었지만 끝내 제후국들을 멸망시키고 천하를 통일하지는 못했습니다. 그 당시 제후국의 수가 많았고 천하가 여전히 주나라를 종주국으로 떠받들었기 때문입니다. 그런데 진나라 효공이 세력을 떨친 이후에는 주나라 왕실의 권위가 떨어졌고, 이제 제후국 여섯 개만 남았습니다. 따라서 진나라는 지금 당장 기세를 몰아 나머지 제후국을 멸망시키고 천하를 통일해야 합니다. 제후들이 다시 강성해져서 서로 연합이라도 하여 진나라에 대항한다면 다시는 천하를 통일할 수 없을 것입니다."

진나라 왕은 이사의 이야기가 옳다고 여겨 그에게 관직을 주고 천하통일의 계략을 세우도록 했다. 이에 이사는 꾀를 잘 쓰는 자들을 여러 제후국으로 보낸 다음, 힘 있는 자들은 뇌물로 매수하고, 따르지 않는 자들은 자객을 시켜 죽였다. 그러는 한편, 임금과 신하 사이를 이간시킨 다음, 군대를 보내 쳐 없애게 하였다. 이사는 이와 같은 계책으로 제후국의 세력을 약화시켜 진나라가 천하를 통일할 수 있는 기반을 닦아 나갔다.

임금의 마음을 움직여 축객령을 해제하다

그런데 이 무렵 한나라 출신 정국이라는 자가 진나라에 와서는 진나라 왕에게 운하를 만들도록 권하였다. 사실 정국은 진나라의 국력을 소진시킨 다음 그 틈을 타 진나라를 공격하려는 의도로 한나라에서 보낸 첩자였다. 이 계획이 발각되자, 진나라의 대신들이 진나라 출신이 아닌 벼슬아치들을 모두 쫓아내자는 '축객령'을 왕에게 권하였다. 이사는 자신도 쫓겨날 사람들의 명단에 들어 있는 것을 알고 글을 올려 이렇게 말했다.

제가 들으니, 관리들이 외국 출신을 모두 추방할 것을 논의했다고 하는데 이것은 당치 않습니다. 옛날부터 진나라의 훌륭한 군주들은 모두 외국 출신을 등용하여 성공하였습니다. 신은 '땅이 넓으면 곡식이 많고, 나라가 크면 사람이 많고, 군대가 강하면 병졸이 용감하다'고 들었습니다. 태산은 한 덩어리의 흙도 버리지 않기 때문에 그렇게 높을 수 있고, 바다는 작은 물줄기도 마다하지 않기 때문에 그렇게 깊을 수 있으며, 임금은 한 명의 백성도 물리치지 않기 때문에 그 덕을 밝힐 수 있는 것입니다.

이 글을 읽고 마음이 움직인 진나라 왕은 축객령을 해제하고 이사를 복직시켰다. 이사는 다시 천하통일의 계책을 추진했다. 그 뒤 20여 년 만에 진나라는 마침내 천하를 통일하여 왕을 높여 황제라 일컫고 이사를 승상으로 삼았다.

시황제 34년에 제나라 사람 순우월이 시황제에게 이렇게 간했다.

"과거 은나라와 주나라가 천 년에 걸쳐 유지될 수 있었던 것은 형제 자식들과 공을 세운 신하들에게 영토를 주어 다스리게 하면서, 그들로 하여금 제후가 되어 왕실을 받들게 했기 때문입니다. 그런데 지금 폐하께서는 천하를 차지하셨는데도 폐하의 자제들을 제후로 책봉하지 않고 있습니다. 이런 상황에서 만약 반란이 일어나면 어떻게 황실을 지킬 수 있겠습니까. 어떤 일이든 옛날을 본받지 않으면 오래갈 수 없습니다. 폐하께서는 옛날 일을 본받아 천하를 다스리시기 바랍니다."

시황제는 승상 이사에게 이 문제를 검토하게 했다. 그런데 이사는 순우월의 건의가 타당하지 않다고 물리치고는 이렇게 권고하였다.

"학문을 연구하는 자들은 새 법령을 내릴 때마다 자기가 배운 것을 기준으로 비판합니다. 이런 일을 금지하지 않으면 위로는 황제의 권위가 떨어지고 아래로는 당파가 생겨 천하가 어지러워질 것입니다. 시서(詩書:『시경』과『서경』을 아울러 이르는 말)와 백가(百家: 유가 이외의 학자 무리들이 지은 저서)의 저술을 모두 폐기하여 다시는 옛것을 가지고 지금의 일을 비난하지 못하도록 하십시오."

시황제는 이번에도 이사의 견해를 받아들여, 시서와 백가의 저술을 몰수하고는 백성들을 어리석게 하는 '우민정책'을 펼쳤다. 이후 진나라는 법령을 분명하게 정비하였으며, 문자를 통일하였다. 또 정기적으로 영토를 돌아보는 한편 사방의 오랑캐를 쫓아내 나라를 튼튼히 하였는데, 이는 모두 이사가 힘쓴 것이었다.

이사의 장남 이유는 삼천 태수가 되었다. 그가 휴가를 얻어 이사의 집에 와 잔치를 베푸니 백관들이 모두 와서 이사의 건강을 기원하였다. 문 앞에는 몇 천 대의 수레와 말이 늘어서 있었는데, 그 모습을 보고 이사는 좋아할 법도 하련만, 오히려 이렇게 탄식했다.

"스승 순자께서는 사물이 지나치게 성대해지는 것을 경계하지 않으면 안 된다고 하셨다. 나는 초나라 시골에 살던 평민에 지나지 않았는데, 이제 황제의 신하로서는 내 위에 설 자가 없으니 부귀를 다했다고 할 만하다. 모든 사물은 극에 이르면 쇠퇴하는 것이 순리다. 이제 이 몸의 끝이 어떻게 될지 나도 알 수가 없구나."

이사는 자신의 운명을 미리 알았던 것일까? 시황제가 세상을 떠난 뒤, 이사는 환관 조고와 결탁하여 시황제의 2세인 호해를 황제로 세워 얼마간 영화를 누리기도 했다. 하지만 조고의 모략에 걸려 삼족(자신의 가문과 외가, 처가를 통틀어 이르는 말)이 모두 죽고 마는 재앙을 당했으며, 강대함을 자랑하던 진나라도 곧 멸망하고 말았다.

지혜롭게 살고 죽는 일의 어려움

성은 : 중국을 처음으로 통일한 사람이 진 시황제라는 건 알고 있었는데, 그 뒤에는 이사가 있었군요. 그러니까 이사는 중국 천하통일의 숨은 주역인 셈이지요?

성우 : 이사가 젊은 날, "비천한 것보다 부끄러운 일이 없고, 가난한 것보다 슬픈 것이 없다."는 걸 깨달았다고 하잖아요? 맞는 말 같기도 한데 선뜻 받아들이기는 어려워요. 게다가 이사는 그렇게 뛰어난 식견을 가지고도 결국 비참하게 죽고 말았잖아요. 지식이 많다고 반드시 지혜로운 건 아닌가 봐요.

아빠 : 이사는 젊은 시절 뒷간에 사는 쥐와 곳간에 사는 쥐가 전혀 다르게 반응하는 모습을 본 뒤, 반드시 부귀하게 살아야

겠다고 결심했지. 그만큼 젊은 날의 깨달음은 한 사람의 삶에 엄청난 영향을 끼친단다. 자신의 경험을 어떻게 받아들이고 판단하느냐에 따라 삶이 달라지는 건 분명해.

성은 : 아빠, 이사가 차라리 시인이 되었으면 어땠을까요? '축객령'에 반대하는 이사의 글은 감동적이에요. "태산은 한 덩어리의 흙도 버리지 않기 때문에 그렇게 높을 수 있고, 바다는 작은 물줄기도 마다하지 않기 때문에 그렇게 깊을 수 있으며, 임금은 한 명의 백성도 물리치지 않기 때문에 그 덕을 밝힐 수 있는 것"이라는 부분은 정말 심오하고 시적이에요.

아빠 : 그래, 사실 진나라가 강대해질 수 있었던 가장 큰 이유는, 출신 국가를 가리지 않고 인재를 고루 등용했기 때문이야. 초나라 출신인 이사 같은 인재가 진나라를 위해 일할 수 있었던 것도 바로 진나라의 포용정책 때문이었지. 사마천이 이사의 이 글을 기록한 이래, 지금까지도 손꼽히는 명문장으로 전해지고 있단다.

성우 : 그런데 이사는 자신이 쫓겨날 거 같으니까 진나라 출신이 아닌 사람들도 받아들여 다양한 인재를 등용해야 한다고

주장했는데, 막상 다른 사람이 자신이 만든 법령을 비판하는 것은 용납하지 않았어요. 그래서 시서와 백가의 저술을 모두 폐기하도록 했잖아요.

아빠 : 그래, 이사가 시서를 폐기함으로써 국가에 대한 비판을 허용하지 않고, 백성들을 어리석게 하는 우민정책을 취한 것은 씻을 수 없는 잘못이라고 할 수 있어. 책을 불태우고 학자들을 생매장한 이른바 '분서갱유(焚書坑儒)'도 그런 정책의 결과란다. 이사는 자기가 설 자리는 중요하게 여겼지만, 입장을 달리하는 사람을 포용하는 것까지는 못한 셈이지. 그래서 이사는 두고두고 지식인들의 비난을 받았단다. 이사는 '티끌도 무시하지 않는 태산, 작은 물방울도 끌어안는 바다'를 남다르게 이해했으면서도, 정작 나랏일은 그렇게 처리하지 못했어. 계략이 뛰어났던 이사가 결국 다른 사람의 계략에 죽고 말았으니, 지혜롭게 살고 죽는 일이 정말 쉽지 않다는 생각이 드는구나.

뛰어난 용병술로
한나라의 천하를 만들다

「회음후 한신 열전」

한나라 유방의 군대가 위기에 처했을 때, 회음후(한신은 제왕에서 초왕이 되었다가 좌천되어 회음후로 책봉됨) 한신은 위나라와 조나라를 굴복시키고 연나라와 제나라를 평정하였다. 그리하여 한나라의 영토를 넓히고, 초나라를 멀리서 위협하여 마침내 항우를 멸망시켰다. 그래서 「회음후 한신 열전」을 지었다. — 「태사공 자서」

빨래 하는 아낙네와 백정의 모욕을 견디다

한신은 초나라 출신이다. 그는 일찍이 남창에서 하급 관리인 정장의 집에서 신세를 진 적이 있다. 정장의 아내가 그를 귀찮게 여긴 나머지 새벽에 자기들끼리 밥을 지어 먹고는 한신이 밥을 먹으러 와도 모른 척했다. 이런 일이 거듭되자 한신은 화가 나서 떠나 버렸다.

그 뒤 한신은 회수에서 낚시질을 하며 지냈는데, 염색 일을 하던 아낙네가 굶주리는 한신을 보다 못해 식사 때마다 밥을 차려주기를 수십 일 동안이나 했다. 이에 감격한 한신은 나중에 자신이 출세하면 크게 보답하겠다고 인사했다. 그러자 아낙네는 성을 내며 이렇게 말했다.

"대장부로 태어나 자기 힘으로 벌어먹지도 못하는 주제에 무슨 소릴 하는 게요. 나는 당신이 하도 불쌍해서 먹여 준 것일 뿐 보답을 바랄 생각은 조금도 없소."

한신은 늘 칼을 차고 다녔는데, 하루는 회음의 백정 패거리 중에 한 젊은이가 그걸 보고 이렇게 시비를 걸었다.

"네놈이 늘 칼을 차고 다니지만 실제로는 겁쟁이가 틀림없다. 만약 나를 죽일 용기가 있다면 그 칼로 나를 베고, 그렇지 않으면

내 가랑이 사이로 기어 나가라."

그러자 한신은 스스럼없이 몸을 숙여 그 백정의 가랑이 사이로 기어서 빠져나갔다. 그 일로 마을 사람들은 모두 한신을 겁쟁이라고 비웃었다.

그 시절 진나라가 망하고, 한나라 유방과 초나라 항우가 일어났다. 한신은 항우의 밑으로 들어갔지만, 창잡이에 지나지 않는 말단 직책을 얻었을 뿐이었다. 실망한 한신은 한나라 유방이 중원의 서쪽 촉 땅으로 들어가자 항우에게서 도망쳐 유방에게로 갔다. 유방 역시 한신을 대수롭지 않게 여겼는데, 승상이었던 소하만은 한신이 비범한 인물임을 알아보고 잘 대해 주었다.

유방이 머물고 있던 촉 땅은 워낙 외진 곳이라 도망치는 장수와 병사들이 많았다. 한신 또한 유방이 자신을 중요한 자리에 앉히지 않자 실망한 나머지 도망치게 되었다. 그런데 승상 소하도 보이지 않자, 누군가 소하도 도망쳤다고 유방에게 고했다. 유방은 이에 크게 낙심했는데 며칠 뒤 소하가 나타났다. 한편으로 화나고 한편으로 기쁘기도 한 유방이 어떻게 승상된 자가 도망칠 수 있느냐고 크게 꾸짖었다. 그러자 소하는 도망친 한신을 붙잡으려고 따라간 것이라고 말했다. 유방은 이 말을 믿지 않고 따졌다.

"그동안 도망친 장수가 한둘이 아닌데 그때는 따라가지 않다가, 한신이 도망쳤다고 새삼 따라가 붙잡으려 했다니 그 말을 어떻게 믿겠소?"

"그 따위 장수들이야 얼마든지 얻을 수 있지만, 한신은 천하에 둘도 없는 인물입니다. 임금께서 지금의 처지에 만족하신다면 그만이지만, 천하를 손에 넣고자 항우와 맞서 겨루려 하신다면 반드시 한신을 대장군으로 임명해야 합니다."

유방은 그 뜻을 받아들여 한신을 데려오라 했다. 그러자 소하가 말했다.

"임금께서 이러시니 장수들이 도망치는 겁니다. 대장군 부르기를 마치 어린아이 부르듯 하지 않습니까? 대장군으로 임명하실 거면 마땅히 그에 맞게 예의를 갖추어 모셔야 할 것입니다."

대장군이 되어 천하를 호령하다

이렇게 해서 유방은 모든 군사들이 지켜보는 가운데 예의를 극진히 갖추어 한신을 대장군으로 임명하였다. 곧이어 유방은 그에게 항우를 상대할 계책을 물었다. 한신은 이렇게 말했다.

"항우의 용맹은 한번 노여워하면 수천 명이 벌벌 떨 정도이지만, 어진 장수를 믿고 맡기지 못하니 평범한 사나이의 용기에 지나지 않습니다. 또 누가 병이라도 걸리면 눈물을 흘리며 음식을 나누어 주지만, 어떤 이가 공을 세워 벼슬을 내려 주어야 할 형편이 되면 그걸 아깝게 여기니 이는 속 좁은 아녀자의 사랑이라 할 수 있을 뿐입니다. 게다가 항우의 군대가 지나간 곳은 늘 학살과 약탈이 뒤따랐기 때문에 백성들의 믿음도 잃어버렸습니다. 대왕께서는 항우와 달리 뛰어난 장수를 믿고 쓰십니다. 이에 정의의 이름으로 전쟁을 일으켜 동쪽으로 나아가 항우와 맞선다면, 천하에 누가 감히 대왕과 대적하겠습니까. 항우의 죄상을 드러내는 글만 돌려도 천하를 평정할 수 있을 것입니다."

유방은 크게 기뻐하며 한신을 늦게 만난 것을 되레 안타깝게 여길 정도였다. 한신의 말대로 유방은 군사를 일으켜 동쪽으로 나아가 연전연승하면서 삽시간에 삼진 지역을 평정하였다. 이윽고 요충지인 함곡관을 치고 나가 위나라, 한나라, 은나라의 항복을 받아내고, 급기야 항우가 있는 팽성에 이르렀다. 그러나 한나라 군대는 팽성 전투에서 초나라의 거센 저항에 밀려 패하고 말았다. 하지만 한신은 다시 군대를 정돈하여 경 땅과 색 땅 사이에서 초나라 군대를 크게 깨뜨렸다. 이후 한나라와 초나라는 물고 물리는 싸움을 거듭했는데, 그 결과 초나라는 더 이상 서쪽으로 진출하지 못했다.

그 사이 한신은 조나라와 제나라를 연이어 무찔렀는데, 조나라와 싸울 때는 강물을 등지고 진을 쳤다〔배수진背水陣〕. 이에 조나라 군사는 한나라의 군대가 불리한 곳에 진을 친 것을 보고, 병법도 모르는 자라고 비웃으며 전 병력을 동원하여 공격해 왔다. 하지만 물러섰다가는 물에 빠져 죽을 수밖에 없는 한나라 군사들이 죽을 각오로 맞서 싸웠기 때문에 조나라 군대가 오히려 크게 패배하고 말았다.

한나라 장수들은 다 같이 승리를 축하하며, 병법에도 나오지 않는 배수진으로 어찌 이길 수 있었는지 한신에게 물었다.

"병법에 나와 있는데 여러 장수들이 보지 못한 것일 뿐이오. 병법에 이르길 '죽을 곳에 놓인 뒤에야 살게 된다.'라고 하지 않았소. 지금 우리 군사들은 오랫동안 나를 따른 자들이 아니고 장바닥에서 급히 모은 어중이떠중이 병졸들이오. 이런 이들은 자신이 위태롭다고 느끼기 전에는 목숨을 걸고 싸우지 않는 법이오. 살길이 조금이라도 보이면 모두 도망쳐 버릴 것이니 어찌 이길 수 있겠소?"

이 말을 들은 장수들은 모두 한신의 기막힌 용병술에 감탄했다.

유방은 한신을 제나라 왕으로 책봉했다. 그 뒤 한신은 유방과 군대를 합쳐서 항우를 격파하고 마침내 초나라 왕이 되어 하비를 도읍으로 정했다. 초나라 왕이 된 한신은 맨 먼저, 굶주리던 자신에게 밥을 주었던 아낙네를 불러 천금을 하사했다. 또 한때 신세를 졌던 남창의 정장을 불러서 "그대는 소인이다. 은혜를 베풀려거든 끝까지 베풀 일이다."라고 말하고는 백전을 주었다.

그리고 자신을 가랑이 사이로 지나가게 했던 백정을 부른 뒤, 사람들에게 이르길 "이 사람은 장사다. 내가 그때 이 사람을 찔러 죽이지 않은 것은, 그래 봤자 용맹한 한 사나이를 죽일 뿐, 명분이 서는 일이 아니었기 때문이다."라고 말하고는 그에게 중위 벼슬을 주었다.

그 뒤 한신의 참모 격이었던 괴통은 한신에게 유방에게서 독립하여 천하를 차지하라고 간곡히 권한다. 그러나 한신은 주저하면서 듣지 않았는데, 결국 유방의 부인이었던 여희의 계략에 말려 죽고 말았다. 죽기 전에 한신은 이렇게 말했다고 한다.

"날랜 토끼가 다 잡히고 나면 (쓸모없게 된) 사냥개도 삶아 먹히는 신세가 되고〔토사구팽兎死狗烹〕, 높이 나는 새가 다 떨어지고 나면 좋은 활도 버려진다고 하더니 그 말이 참으로 맞다. 내가 괴통의 말을 듣지 않았던 것이 한스러울 뿐이다."

• 사 기 를 묻 다 •

천리마를 알아보는 방법

성우 : 아빠, 한신은 항우 밑에서 일할 때는 인정받지 못하다가 소하가 그의 능력을 알아본 덕에 유방 밑에서 일하게 된 셈이지요? 소하는 어떻게 한신이 뛰어난 인재인 줄 알아봤을까요?

아빠 : 소하는 한신의 보잘것없는 처지에 편견을 가지지 않았을 거야. 만약 그랬다면 한신의 가치를 알아보지 못했을 테니까. 다른 사람의 가치를 알아보는 것은 스스로 뛰어난 인물이 되는 것보다 더 어려워. 그래서 천하에 천리마는 늘 있지만, 천리마를 알아보는 백락이 늘 있는 것은 아니라고 하지. 아마 소하는 아주 사소한 일에서도 한신이 남다르다는 점을 알아차렸을 거야.

성은 : 하긴 젊은 시절, 마을 불량배가 시비를 걸었을 때 한신이 보인 태도만 봐도 정말 남다르잖아요. 칼을 휘두르지 않고 가랑이 사이로 지나간 것도 대단한데, 나중에 그 사람을 불러 용기를 칭찬하며 벼슬까지 주는 대목에선 놀랐어요. 큰 인물은 사소한 일에 흔들리지 않는다고들 하던데, 바로 이런 걸 두고 하는 말이구나 싶었어요!

성우 : 그런데 한신이 항우를 두고 '평범한 사나이의 용기'니 '속좁은 아녀자의 사랑'이니 하면서 비판한 것은 너무한 것 같아요. 항우 하면 그래도 "힘은 산을 뽑고 기운은 세상을 덮는다〔역발산기개세力拔山氣蓋世〕."라고 할 만큼 세상에서 찾아보기 힘든 영웅호걸 아닌가요?

아빠 : 항우는 스스로 뛰어 났지만 뛰어난 사람과 함께하지 못했어. 대장군감인 한신을 알아보지 못했을 뿐만 아니라 뛰어난 모사였던 범증까지 의심하여 결국 떠나게 했지. 그에 비해 유방은 자신의 부족한 점을 잘 알고 한신이나 장량 같은 인재를 받아들였어. 큰 인물은 자신의 능력에만 의존하지 않고, 뛰어난 사람들을 포용할 줄 알아야 한단다. 항우보다 모든 면에서 뒤떨어진 유방이 항우를 이기고 천하를 얻게 된 까닭이 바로 그것이야.

성은 : 그동안 아빠와 함께 『사기』를 읽으며 든 생각인데요, 이 책엔 주인공이 아니더라도 우리한테 생각거리를 던져 주는 인물들이 참 많아요. 이번 이야기에선 소하라는 인물이 눈에 띄었어요. 그리고 야비하다는 생각까지 드는 정장 부부와 아무 사심 없이 수십 일 동안 한신에게 밥을 챙겨 준 아낙네도 그래요.

아빠 : 『사기』를 읽으며 너희 스스로 역사 속 인물들을 발견하기를 바랐단다. 정장과 아낙네를 눈여겨봤다니 아빠는 정말 흐뭇하구나. 대가를 바라지 않고 한신을 도와준 아낙네야말로 숨어 있는 역사의 주인공이라 해야겠지.

사람의 마음을 읽어 천하를 평화롭게 하다
「소진 열전」

천하는 진나라의 사나움을 걱정하고 진나라 또한 침략을 그칠 줄
몰랐다. 이런 시기에 소진은 제후들을 찾아다니며 천하를 세로로
묶어서 진나라에 대항하는 합종책으로 탐욕스러운 진나라를 눌렀
다. 그래서 「소진 열전」을 지었다.

— 「태사공 자서」

합종 동맹을 이끌어 재상이 되다

소진은 주나라 사람이다. 일찍이 그는 제나라로 가서 귀곡 선생 밑에서 학문을 익혔다. 그리고 여러 해 동안 떠돌다가 고생 끝에 고향으로 돌아왔다. 초라한 모습의 소진을 본 가족들은 은근히 그를 비웃었다.

"본디 농사를 지어 곡식을 거두거나 장사를 해서 이익을 남기는 것이 사람의 도리인데, 그것을 버리고 오직 혀끝만 놀려 대니 가난하고 구차해지는 게 당연하지 않은가."

그 이야기에 몹시 부끄러움을 느낀 소진은 병법서를 꺼내 밤낮으로 읽기 시작했다. 1년쯤 지나 사람의 마음을 읽는 방법을 터득한 소진은 맨 먼저 주나라 현왕을 찾아갔다. 하지만 현왕을 곁에서 모시던 자들은 본디 소진이 말만 앞세운다는 것을 잘 알기에 그를 믿지 않았다. 이어 진나라, 조나라도 찾았지만 소진은 등용되지 못했다.

그러다 연나라로 갔는데, 당시 연나라는 진나라를 두려워한 나머지 이웃 조나라를 멀리하고 진나라와 화친하려 했다. 1년을 기다린 끝에 연나라 문후를 만난 소진은 이렇게 아뢰었다.

"연나라는 영토가 사방 2천 리이고 병력이 수십만입니다. 또 남쪽에 조나라가 있어서 사나운 진나라를 막아 주기 때문에 외적의 침입도 없습니다. 그런데도 임금께서는 가까운 조나라와 친할 생각은 아니하고, 멀리 있는 진나라와 화친하려 하니 이는 잘못된 방법입니다. 임금께서 조나라와 화친을 맺어 천하 제후들과 하나가 된다면, 반드시 나라를 안전하게 지킬 수 있을 것입니다."

이 말을 귀담아 들은 문후는 소진에게 자금을 주어 조나라로 가게 했다. 소진은 조나라 왕을 만나서는 이렇게 설득했다.

"산동에 있는 나라 가운데 조나라보다 강대한 나라는 없습니다. 이웃에 연나라와 진나라가 있습니다만, 연나라는 본디 약소국으로 두려워할 것이 없고 진나라는 조나라를 첫째가는 적국으로 꼽습니다. 그런데도 진나라가 조나라를 치지 않는 것은 한나라, 위나라가 뒤를 공격할까 염려해서입니다. 만약 한나라와 위나라가 진나라에 멸망당하고 나면, 조나라는 어쩔 수 없이 진나라에 머리를 숙여야 할 것입니다. 그러므로 대왕께서는 한나라, 위나라는 물론 북쪽의 연나라, 동쪽의 제나라, 남쪽의 초나라와 연합하여 진나라에 대항해야 합니다. 부디 천하 제후들을 불러 서로 인질을 교환하고, '진나라가 어떤 나라라도 치면 나머지 나라들은 군사를 출동시켜 그 나라를 돕겠다.'고 굳게 맹세하게 하십시오."

이에 조나라 왕은 수레 수백 대와 황금을 넉넉히 주어 소진을 후원했다. 소진은 한나라, 위나라, 제나라, 초나라를 차례로 찾아 갔다. 그는 각 나라의 장점을 짚어 주기도 하고 때로는 약점을 찌르면서 제후들을 설득했다. 제후들은 진나라에 대항하기 위해서는 힘을 합치는 것이 유리하다는 사실을 인정했고, 마침내 소진의 말에 따라 천하를 세로로 묶는 합종 동맹을 체결했다. 이로써 소진은 혀끝 하나로 합종 동맹에 참여하는 여섯 나라의 공동 재상이 되었다. 이후 진나라는 15년 동안 동쪽으로 진출하지 못했고, 여섯 나라는 평화를 유지했다.

제 입으로 범행을 누설하게 하다

뜻을 이룬 소진이 다시 조나라로 돌아가던 중에 고향을 지나게 되었다. 그 당시 제후들이 소진에게 보낸 선물이 수백 대의 수레에 가득해서 임금의 행차인가 착각할 정도였다. 소진이 고향집에 이르자 집안사람들은 감히 그를 쳐다보지 못하고 설설 기면서 모셨다.

"허허, 형수님. 옛날에는 저에게 그렇게 위세를 부리더니, 어째서 지금은 이토록 공손하신가요?"

"도련님의 지위가 높고 재물이 많기 때문입니다."

형수의 대답에 소진은 탄식하며 말했다.

"사람은 같은데 부귀해지면 우러러보고, 신분이 낮고 천해지면 업신여긴다. 친척조차 그럴진대 하물며 남이야 말할 것이 있겠는가. 만약 내가 농사나 짓고 있었더라면 오늘 어떻게 여섯 나라의 재상이 될 수 있었겠는가."

소진은 천금을 풀어 친척들과 친구들에게 나누어 주었다.

한편 진나라는 합종책을 깨기 위해 온갖 수단을 짜냈고, 마침내 계략을 써서 제나라와 위나라가 조나라를 공격하게 하여 제후들을 분열시키는 데 성공했다. 이에 소진은 제나라의 배신행위에 보복하기 위해 연나라 왕을 설득하러 갔다. 이로써 합종의 맹약은 깨지고 말았다.

진나라 혜왕은 자신의 딸을 연나라 태자에게 시집보냈는데, 그 해에 연나라 임금이 죽고 태자가 왕이 되었다. 이 틈을 타 제나라는 연나라를 공격하여 열 개의 성을 빼앗았다. 그러자 연나라 왕이 소진을 불러 땅을 되찾아 달라고 했다. 이에 제나라 왕을 만난 소진은 이렇게 말했다.

"아무리 배가 고파도 오훼라는 독풀을 먹지 않는 것은, 비록 오훼로 배가 차더라도 결국은 굶어 죽는 것과 마찬가지이기 때문입니다. 연나라가 지금은 힘이 약하지만 진나라의 사위가 되는 나라입니다. 임금께서는 연나라의 성을 빼앗았으나 이번 일로 두고두고 진나라의 원수가 될 것이니, 결국 오훼를 먹은 것과 같습니다."

"그러니 어떻게 하면 좋겠소?"

"예로부터 일을 잘하는 이는 화를 돌려 복이 되게 하고, 실패를 통해 성공을 이룬다고 했습니다. 빼앗았던 성을 아무 조건 없이 연나라에 돌려주십시오. 그렇게 하면 연나라는 애초에 빼앗아 갔던 사실을 따지지 않을 것이며, 진나라도 함께 기뻐할 것입니다. 이로써 연나라와 진나라가 제나라와 사이좋게 지내면, 천하에 임금의 명령을 따르지 않을 이가 없을 것입니다. 이는 열 개의 성으로 천하를 얻는 일입니다."

곧 제나라는 연나라에 성을 돌려주었다. 이후 소진은 제나라에 머무르면서 사신들이나 나그네가 머무는 객사를 크게 짓고 정원을 호화롭게 꾸며서 천하를 다스리는 임금의 풍채와 용모를 과시하게 했다. 그런데 사실 이런 토목 공사는 연나라를 위해 제나라의 재정을 낭비하려는 의도였다.

이 무렵 제나라에서 임금의 총애를 두고 소진과 다투던 자가 자객을 시켜 소진을 해치려 하였는데, 결국 자객을 잡지 못해 소진은 죽음에 이르게 되었다.

"폐하, 제가 죽고 나면 저를 거열형(죄인의 다리를 두 대의 수레에 한 쪽씩 묶어서 몸을 두 갈래로 찢어 죽이던 형벌)에 처하시고 '소진은 연나라를 위해 제나라를 배신하였다.'고 알리십시오. 그러면 저를 찌른 자가 반드시 나타날 것입니다."

제나라 왕이 소진의 말대로 하였더니, 과연 자객이 스스로 나타나 자기가 역적을 죽였다고 떠벌렸다. 이에 왕은 자객을 잡아다 처형했다.

소진이 죽은 뒤 소진과 함께 귀곡 선생에게 배웠던 장의가 활동하기 시작했다. 그는 서쪽의 진나라와 동쪽의 제나라를 가로로 잇는 이른바 연횡책으로 천하를 다시 진나라 중심으로 만들었다. 그 때문에 결국 여섯 나라는 차례대로 멸망당하고 진나라가 천하를 통일하게 되었다.

• 사 기 를　묻 다 •

마음을 읽는 능력

성은 : 아빠, 소진은 젊은 시절 자신을 무능하다고 꾸짖는 말을 새겨들어 결국 삶이 달라졌네요.

아빠 : 그래. 다른 사람이 잘못을 지적할 때 기분 나쁘게만 여기지 않고, 그것을 받아들이는 것은 생각보다 어려운 일이야. 소진은 가까운 사람들의 지적을 흘려듣지 않고 자신의 삶을

바꾸기 위해 노력했기 때문에 큰일을 할 수 있었던 거지.

성우 : 소진이 사람의 마음을 읽었다고 하는데 구체적으로 어떻게 한 거예요?

아빠 : 그 당시 어떻게 하면 진나라에 잘 보일까 애쓰고 있었던 여섯 나라를 연합하게 해서 진나라에 대항하도록 했잖니. 남에게 머리를 숙이고 싶어 하지 않는 사람의 심리를 이용한 것이지. 또 제나라로 하여금 연나라에게 빼앗았던 성을 돌려주게 한 것은 진나라를 두려워하는 제나라 왕의 마음을 읽었기 때문에 가능한 일이었어. 심지어 자객이 제 발로 나타나도록 한 것도 자신의 행위를 보상받고 싶어 하는 사람의 심리를 이용한 거란다.

성은 : 그런데 소진은 왜 하나의 나라에 충성하지 않았을까요? 주나라 출신이면 주나라를 위해 일하는 것이 옳지 않을까요?

아빠 : 당시 중국은 여러 나라로 나뉘어 있었지만, 본래는 종주국인 주나라를 중심으로 유대 관계를 맺고 있었던 하나의 문화권이었단다. 그래서 사람들은 여러 나라를 자유롭게 돌아

다닐 수 있었지. 소진은 천하의 평화를 추구했어. 그러니 어느 한 나라의 이익을 위해서만 활동하지 않은 것이 오히려 자연스럽다고 볼 수 있단다. 『사기열전』의 여러 주인공들이 그랬던 것처럼 소진도 출신에 얽매이지 않고, 자신의 가치를 알아주는 사람을 위해 활동한 것이지.

성은 : 소진을 대하는 사람들의 태도를 보면, 겉모습이나 조건을 따지는 게 지금과 같네요.

아빠 : 그래. 그만큼 겉모습에 좌우되지 않고 한 사람을 올바르게 평가하는 게 어렵다는 뜻이기도 해. 모름지기 불우한 처지에 놓인 사람의 뛰어난 자질을 미리 알아보고 진실하게 대하는 이들이야말로 역사의 교훈을 제대로 새길 줄 아는 사람들이지.

약자를 위해 침략자에 맞서고
의리를 지키다

「악의 열전」

강대국의 횡포에 맞서 5개국 군사를 연합하고, 약소국 연나라를 위
해 강대한 제나라를 쳐서 침략당한 원한을 갚았으며, 자신을 알아준
군주를 위해 부끄러움을 씻어 주었다. 그래서 「악의 열전」을 지었다.

— 「태사공 자서」

약소국의 장군으로 강대국을 무찌르다

악의는 사람이 현명하고 용병을 좋아하여 조나라에 등용되었지만, 자신을 알아주던 무령왕이 죽자 위나라로 갔다. 그 당시 연나라 소왕은 제나라의 침략으로 나라가 크게 어려워지자 어떻게든 제나라에 복수하고 싶었다. 하지만 나라가 작고 약해, 힘으로 제나라를 상대할 수 없었다. 그래서 현자를 모셔 와 그가 제시하는 방법으로 나라를 부강하게 하려고 했다.

위나라에 있던 악의는 그 소식을 듣고 연나라에 사신으로 갔다. 연나라 소왕은 악의가 뛰어난 인물임을 알아보고 그를 극진히 대우했다. 악의는 그에 보답하여 마침내 소왕의 신하가 되었다.

당시 제나라는 남쪽으로는 초나라를 깨뜨리고, 서쪽으로는 한나라, 위나라, 조나라의 군사를 무찔렀다. 또 중산국을 멸망시키는 한편 송나라를 쳐서 영토를 천여 리나 넓히고, 급기야 강대국 진나라까지 공격하기에 이르렀다.

이에 제후들은 모두 진나라를 등지고 제나라에 복종하려 했다. 그러자 제나라 민왕은 크게 교만해졌고, 백성들은 오랜 전쟁으로 힘들어했다. 연나라 소왕은 그제야 악의에게 어떻게 하면 제나라를 쳐서 원한을 갚을 수 있겠느냐고 물었다. 악의는 이렇게 대답했다.

"제나라는 일찍이 환공 때 패자가 되어 천하를 호령한 적이 있을 뿐만 아니라, 영토도 넓고 인구도 많아서 연나라만으로는 공격하기 어렵습니다. 반드시 조나라, 초나라, 위나라와 연합하여 함께 공격해야 할 것입니다."

그의 말이 옳다고 생각한 소왕은 악의를 조나라로 보내 혜문왕과 맹약을 맺게 하였다. 이어 초나라, 위나라, 한나라도 연합국에 합류하였다. 마침 제후들이 제나라 민왕이 교만하여 미워하던 참이라 모두 앞다퉈 연합군에 참여했다.

악의가 연합책을 성공시키고 돌아오자, 연나라 소왕은 악의를 상장군에 임명했다. 조나라, 초나라, 한나라, 위나라, 연나라 5개국 연합군의 총지휘자가 된 악의는 제나라 군사와 싸워 크게 이겼다.

악의는 계속해서 연나라 군사를 이끌고 제나라 깊숙이 쳐들어가 제나라의 성 70여 곳을 함락시켰다. 결국 제나라는 민왕과 전단이 지키고 있던 거(莒)와 즉묵(卽墨) 두 성만 남게 되었다. 그동안 악의는 제나라의 귀중한 보물을 모조리 연나라로 실어 보냈다. 연나라 소왕은 크게 기뻐하여 직접 제나라로 나아가 군사들을 위로하고 잔치를 벌이는 한편, 악의에게 제나라 땅 창국을 내려 주고 창국군이라 불렀다.

연나라 소왕이 죽고 태자가 왕이 되었는데 그가 혜왕이다. 혜왕은 태자였을 때부터 악의를 못마땅하게 여겼다. 그 사실을 안 제나라의 전단은 첩자를 풀어 이런 소문을 퍼뜨렸다.

"제나라에서 항복하지 않은 성은 둘뿐인데, 악의가 두 성을 빨리 함락시키지 않는 것은 연나라의 새 임금과 사이가 좋지 않기 때문이다. 악의는 전쟁을 질질 끌다가 제나라 왕이 되려 한다. 제나라는 혹시라도 연나라가 다른 장군을 보내지 않을까 걱정할 뿐이다."

그렇잖아도 악의를 의심하고 있던 연나라 혜왕은 당장 악의를 불러들이고, 기겁 장군을 대신 보냈다. 악의는 혜왕이 자신을 믿지 못하여 불러들인 것을 알고는 죄를 얻게 될까 겁이 나 조나라로 도망쳤다. 조나라는 악의에게 연나라와 제나라를 막는 임무를 주었다.

선왕과의 의리를 지키다

제나라의 전단은 악의를 대신해 온 기겁의 군대를 쳐부수고 각지에서 연나라 군사를 몰아내, 예전에 잃었던 제나라의 모든 성을 되찾았다. 그제야 연나라 혜왕은 악의를 믿지 못한 탓에 전쟁에 패하고 제나라 땅을 잃게 된 것을 깨닫고 크게 후회하였다. 더욱이 악의가 조나라 군주의 명령으로 전쟁에 지친 연나라를 공격해

오지 않을까 겁이 났다. 그래서 혜왕은 악의에게 편지를 보냈다.

"선왕(선대의 임금)께서는 장군을 믿고 나라를 맡겼소. 그래서 장군은 연나라를 위해 제나라를 치고 선왕의 원한을 갚아 주었으니, 과인이 어찌 하루인들 장군의 공을 잊을 리 있겠소. 그런데 불행히도 선왕께서 세상을 떠나시고 과인이 즉위하자 곁에 있던 어리석은 신하들이 과인을 잘못 인도하였소. 과인이 장군을 불러들인 것은 장군이 오랫동안 멀리서 고생하고 있었기 때문에 잠시 쉬게 하려는 뜻이었소. 그런데 장군은 이를 오해하여 우리 연나라를 버리고 조나라로 가 버렸으니, 선왕께서 장군을 후하게 대우한 뜻에 어떻게 보답할 수 있겠소?"

편지를 받은 악의는 혜왕에게 답장을 보냈다.

신은 오직 임금님의 좌우에 있는 어리석은 이들이 선왕의 밝음을 해치고 임금님의 덕을 상하게 하지 않을까 염려하여 조나라로 도망친 것입니다. 선왕께서는 신이 위나라 사신으로 연나라에 갔을 때, 신을 극진히 대하시고 중요한 일을 맡겼습니다. 신은 기대에 미치지 못할까 두려워하면서도 명령에 따라 이웃 나라와 연합하여 제나라를 쳐서 선왕의 원한을 씻었습니다. 선왕께서 크게 기뻐하시고, 땅을 떼어 신에게 내려 주어 제후와 견줄 수 있게 해 주셨으며, 세상을 떠나시는 날까지 조금도 믿음을 거두지 않으셨습니다.

제가 듣건대 '일을 잘 꾸리는 사람이 반드시 일을 잘 이루는 것은 아니며, 처음에 잘 하는 사람이 반드시 끝까지 잘 하는 것은 아니다.'라고 했습니다. 옛날 오자서는 오나라 왕 합려가 믿어 주었기 때문에 멀리 초나라 서울까지 쳐들어갔습니다. 그러나 뒤를 이은 오왕 부차는 오자서를 의심하여 그를 죽여 시체를 강에 버렸습니다. 부차는 선왕의 뜻을 그대로 따르지 않았기 때문에 충신을 죽이는 어리석은 짓을 했고, 오자서는 두 임금의 품성이 같지 않다는 것을 일찍 알아차리지 못했기 때문에 죽게 되면서도 뜻을 바꾸지 않았던 것입니다. 하지만 신의 경우는 도망친 죄를 벗어 던지고, 선왕이 남기신 공을 빛내는 것이 가장 좋은 일임을 잘 알고 있습니다. 자신이 섬겼던 나라를 배신했다는 모욕을 받아 선왕의 이름을 더럽히는 것은 신이 크게 두려워하는 일입니다. 그러므로 연나라가 지친 기회를 틈타 조나라를 위해 공격하는 짓은 의리상 절대 하지 않을 것입니다. 듣건대 '군자는 사람과 교제를 끊고도 그의 나쁜 점을 말하지 않고, 충신은 나라를 떠난 뒤에도 임금에게 허물을 돌리지 않는다.'라고 했습니다. 신은 비록 영리하지는 못하지만 군자의 가르침을 따르고자 합니다. 바라옵건대 임금께서는 신의 뜻을 살펴주시기 바랍니다.

이후 악의는 평생 동안 조나라와 연나라를 왕래하면서 두 나라의 평화를 위해 애쓰다가 조나라에서 죽었다.

진심은 어떻게 사람을 움직이는가

성은 : 연나라 소왕이 악의의 사람됨과 능력을 알아보고 그를 끝까지 믿어 주었고, 그래서 악의도 연나라를 위해 일하기로 한 것이지요? 소왕과 악의의 관계는 어린 왕자와 그의 장미 같아요. 어린 왕자는 자기 별의 장미를 세상에 단 하나뿐인 특별한 장미라고 여겼잖아요. 어떤 사람과 어떤 관계를 맺느냐에 따라 인생이 많이 달라지는 것 같아요.

아빠 : 듣고 보니 그렇구나! 연나라 소왕은 좋은 사람을 알아보고 그 사람이 능력을 발휘하도록 하는 힘이 있었어. 악의는 그런 군주를 찾아다녔지. 이렇게 뜻이 맞는 사람들이 만나면 역사에 남을 만한 일을 할 가능성도 커진단다.

성우 : 그런데 태자였던 혜왕의 태도는 어떻게 이해해야 해요? 나중에 악의에게 보낸 편지가 과연 진심일까요?

아빠 : 사실 편지를 보내게 된 앞뒤 상황을 살펴보면, 혜왕이

아쉬워서 편지를 보낸 흔적이 있어. 설사 혜왕이 자신의 이익을 위해 마음에 없는 편지를 썼다 해도 악의의 답장을 받고 나서는 많이 감동했을 거야. 훗날 많은 사람들이 명문으로 손꼽는 제갈공명의 출사표(중국 삼국 시대에, 촉나라 재상 제갈량이 출병하면서 후왕에게 적어 올린 글. 나라를 걱정하는 내용이 담긴 명문장으로 유명함)도 악의가 보낸 편지글을 참고하여 쓴 글이라고 해.

성은 : 맞아요. 진심 어린 글이 사람 마음을 어떻게 변화시키는지 이번에 조금은 알게 됐어요.

아빠 : 간단히 살펴보았지만, 악의의 편지에는 소왕과의 관계가 구구절절 자세히 담겨 있단다. 나중에 제나라 괴통과 주보언이란 사람은 이 편지를 볼 때마다 감동의 눈물을 흘렸다고 해.

성우 : 악의의 충성심은 정말 높이 살 만해요. 따지고 보면 연나라가 악의를 먼저 버린 셈인데, 악의는 죽은 왕을 위해 끝까지 의리를 지켰잖아요.

"군자는 사람과 교제를 끊고도 그의 나쁜 점을 말하지 않고, 충신은 나라를 떠난 뒤에도 임금에게 허물을 돌리지 않는다."

라는 말, 곰곰이 생각하게 돼요.

아빠 : 요즘 시대에는 기대하기 힘든 태도라는 생각도 드는구나. 하지만 드물긴 해도 그런 사람은 어느 시대에나 있었고 두고두고 사람들에게 존경을 받지.

말 위에서 천하를 다스릴 수는 없다
「역이기·육가 열전」

역이기와 육가 두 사람은 높은 학식과 뛰어난 말솜씨로 제후들이 한나라를 돕게 하였다. 그들의 도움으로 한나라는 힘들이지 않고 천하 제후들의 협력을 얻어 냈다. 그 뒤 한나라는 초나라와의 싸움에서 이겨 천하를 안정시킬 수 있었다. 그래서 「역이기·육가 열전」을 지었다.

－「태사공 자서」

한마디 말로 상대를 설득하다

역이기(이름은 '이기食其'이며, '역생酈生'이라고도 불림)는 진류현 고양 사람이다. 그는 젊어서부터 글을 많이 읽었지만, 나이가 들도록 이름이 알려질 기회를 얻지 못하고 마을의 성문지기 노릇을 하며 자신의 재주를 감추고 있었다.

그즈음 진나라가 흔들리고 진승과 항량 등이 군사를 일으키자, 그에 호응하는 장수들이 역이기가 있는 곳을 지나가는 경우가 많았다. 역이기는 그들을 만나 보았지만 모두 그릇이 작아 의지할 만한 사람들이 못 되었다.

얼마 뒤 역이기는 유방이 그곳으로 진격해 온다는 소식을 듣게 되었다. 때가 왔다고 생각한 역이기는 유방을 따라다니던 고향 사람에게 자신을 추천해 달라고 부탁했다. 하지만 그 사람은 이렇게 말했다.

"그는 당신 같은 선비들을 좋아하지 않습니다. 선비가 찾아오면 쓰고 있는 관을 빼앗아 거기다 오줌을 눌 정도입니다."

이 말을 듣고도 역이기가 간곡히 부탁하자, 그 사람은 유방에게 역이기를 추천했다. 유방은 진류현에 이르자 역이기를 불렀다. 역이기가 찾아왔을 때, 두 여자가 유방의 발을 씻기고 있었다. 유방은 역이기가 들어와도 거들떠보지 않았다. 그러자 역이기는 이렇게 소리쳤다.

"당신이 포악한 진나라를 도와 제후들을 치려고 한다는 게 사실이오?"

유방도 질세라 역이기를 꾸짖었다.

"이런 철없는 선비가 있나? 천하는 오랫동안 진나라의 포악한 정치에 시달렸다. 그래서 내가 제후들과 손을 잡고 진나라를 치는 것이다. 그런데 어디다 대고 진나라를 돕느니 하는 헛소리를 해대는 거냐?"

"천하의 의로운 병사를 모아 진나라를 쳐부수려는 자가 그렇게 앉은 채로 어른을 대한단 말이오?"

깜짝 놀란 유방은 바로 자리에서 일어나 옷매무시를 정돈하고, 역이기를 윗자리에 앉힌 뒤 사과했다. 이어서 역이기가 세상이 돌아가는 형세를 자세히 이야기하자, 유방은 크게 기뻐하며 좋은 방법이 있는지 물었다.

"지금 당신의 군사는 기껏 만 명도 되지 않고 그나마 훈련도 제대로 받지 못한 오합지졸입니다. 이 정도를 가지고는 강대한 진나라를 칠 수 없습니다. 그런데 마침 이곳 진류현은 지형상 군사적으로 아주 중요한 지역으로, 성안에 저장된 곡식도 많고 백성의 수도 많습니다. 먼저 이곳을 손안에 넣고 기반을 다지는 것이 좋습니다. 백성 대부분은 고을을 다스리는 현령의 명령에 잘 따르고 있으니, 현령만 설득하면 힘들이지 않고 이곳을 차지할 수 있습니다."

곧이어 역이기는 성안으로 들어가, 손수 현령을 설득하여 항복을 얻어 냈다. 이후 역이기는 계속해서 제후들을 설득하여 협력을 얻어 내거나 항복하도록 했다. 이렇게 그는 유방을 도와 한나라가 세력을 얻게 하였다. 그러다 한나라 대장군 한신이 제나라로 진격하려고 할 때, 역이기는 먼저 제나라 왕을 만나 천하의 정세를 설명하여 제나라 왕이 한나라에 항복하도록 만들었다. 수만의 군대로 할 수 없는 일을 역이기 혼자서 해낸 셈이다.

하지만 한신은 공을 세우기 위해, 제나라가 항복했는데도 군사들을 이끌고 가서 제나라를 쳤다. 그러자 역이기가 자신을 속였다고 생각한 제나라 왕은 그에게 한나라 군대를 막지 않으면 죽이겠다고 했다. 이때 역이기는 죽음을 앞에 두고도 이렇게 말했다.

"큰일을 할 때는 사소한 데에는 마음을 쓰지 않고, 덕이 훌륭한 사람은 사양하지 않는 법이라오. 나는 내가 한 말을 바꿀 생각이 없소."

역이기가 죽자 유방은 그를 몹시 안타까워했으며, 천하를 평정한 뒤에 그의 아들 역개에게 벼슬과 땅을 주어 역이기의 공을 기렸다.

천하를 차지하는 방법, 천하를 다스리는 방법

육가는 초나라 사람으로, 한나라 왕 유방을 따라 천하를 평정한 인물이다. 그는 상대를 설득하는 데 뛰어난 재주를 갖고 있어, 제후들에게 사신으로 갈 일이 있으면 늘 그가 나섰다. 유방이 천하를 막 통일할 무렵, 위타라는 자가 남월 지역을 차지하고 그곳의 왕이 되었다. 유방은 위타를 남월 왕으로 삼고, 한나라의 지배 아래에 두기 위해 육가를 사신으로 보냈다.

위타는 두 다리를 쭉 뻗고 거만한 자세로 육가를 맞이했다. 그러자 육가는 이렇게 말했다.

"당신은 본디 중국 사람이오. 그런데 천성을 어기고 구차하게 오랑캐 땅 남월의 한 구석을 차지하여 감히 천자(본래 주周나라의 왕을 일컫는 말이었지만, 흔히 이후의 황제들 또한 천자라고 부름)와 대적하려고 하니 반드시 재앙이 미칠 것이오. 일찍이 포악한 진나라가 무너지자 제후들과 호걸들이 다투어 일어났지만, 한나라 왕이 누구보다 먼저 관중으로 쳐들어가 왕이 될 자격을 갖추었소. 그런데 항우는 약속을 어기고 한나라 왕을 서쪽으로 밀어낸 뒤, 스스로 초패왕('항우'를 달리 이르는 말. 진나라를 멸망하게 하고 스스로 서초西楚의 패왕이 되었다는 데서 유래함)이라 부르며 제후들을 모두 자기 아래 두었소. 하지만 한나라는 서쪽에서 나온 지 불과 5년 만에 천하를 채찍질하고 제후들을 공략해, 마침내 항우를 죽여 천하를 평정했소. 이는 인간의 힘으로는 할 수 있는 것이 아니니 반드시 하늘이 한 일이 틀림없소.

한나라의 장수들은 진나라와 싸울 때 돕지 않았다는 죄목으로 당신을 죽여야 한다고 했소. 그러나 천자께서는 그렇게 하면 백성이 다시 고생할 것이라며 불쌍히 여기셨소. 그래서 나를 보내 당신을 신하로서 한나라에 붙게 하신 것이오. 당신은 마땅히 천자의 사신인 나를 교외로 나와 맞이했어야 하오. 만약 한나라에서 당신이 이렇게 거만하게 군다는 사실을 안다면, 당장 한나라에 있는 당신의 일가친척을 모조리 죽이고, 10만의 군사를 보내 월나라를 칠 것이오. 그리되면 월나라 사람이 당신을 죽이고, 한나라에 항복할 것이 틀림없지 않겠소."

깜짝 놀란 위타는 자리에서 일어나 육가에게 잘못을 빌었다.

"제가 오랫동안 오랑캐와 함께 살다 보니 예의를 잃었습니다."

이렇게 해서 남월의 왕은 한나라의 신하가 되었다. 육가가 임무를 마치고 돌아오자 유방은 크게 기뻐하며 그의 벼슬을 높여 주었다. 육가는 이후 유방을 만날 때마다 늘 유가의 시서(詩書:『시경』과 『서경』)를 이야기했는데, 한번은 유방이 짜증을 내며 이렇게 말했다.

"나는 말 위에서 천하를 얻은 사람인데, 시서 따위를 어디에 쓴

단 말이오?"

"말 위에서 천하를 얻을 수는 있지만, 말 위에서 천하를 다스릴 수는 없습니다. 옛날 탕왕과 무왕은 신하로서 자기 임금을 죽이고 새로 천자가 되었지만, 천하를 얻은 뒤에는 문(文)으로 다스렸습니다. 그래서 오랫동안 천하를 차지할 수 있었던 것입니다. 저 포악한 진나라는 무력에 의지했기 때문에 쉽게 망한 것입니다. 만약 진나라가 인의(仁義)로 천하를 다스렸다면 폐하께서 어떻게 천하를 차지할 수 있었겠습니까?"

유방은 크게 부끄러워하며 이렇게 말했다.

"잘 알겠소. 그대는 진나라가 천하를 잃은 까닭과 내가 천하를 얻은 까닭이 무엇인지, 그리고 옛일 중에서 성공과 실패에 관한 이야기를 글로 지어 주시오."

이렇게 하여 육가는 국가의 존속과 멸망에 관한 이야기를 12편의 글로 엮어 올렸다. 매번 한 편씩 글을 올릴 때마다 유방은 크게 기뻐했고, 좌우의 신하들은 만세를 불렀다. 그 책이 바로 『신어新語』이다.

수만의 군대를 이기는 말의 힘

성우 : 아빠, 역이기는 자기가 모시고자 하는 사람을 찾을 때 '그릇이 작은 사람'을 믿지 않았잖아요. 흔히 그릇이 크다 작다는 말을 자주 하는데, 정확히 무슨 뜻인가요?

아빠 : 그 말은 사람 됨됨이의 크고 작음을 뜻하는 거야. 이를 테면 대기만성(大器晚成)이란 말은 큰 그릇은 쉽게 만들어지지 않는다는 뜻이기도 하지만, 큰 인물은 많은 사람을 포용할 줄 안다는 의미이기도 해. 아마도 역이기는 그릇이 큰 사람이 아니면 자신을 다 이해하고 받아들이기 어려울 것이라고 생각했기 때문에 유방 같은 큰 인물을 기다렸던 거겠지.

성은 : 그런데 왜 유방은 선비를 그렇게 싫어한 거예요? 머리에 쓰고 있던 관에다 오줌을 눌 정도라니, 엄청 싫어했나 봐요.

아빠 : 유방은 젊은 시절부터 무슨 문제가 생기면 몸으로 나서서 해결했던 사람이야. 그런 유방이 보기엔 방에 들어 앉아 책

만 보는 선비들이 뭘 알겠냐 싶었겠지. 한편으로는 자기들은 이런저런 일로 고생하는데, 고상한 척하는 선비들이 얄밉게도 보였을 테고. 하지만 결국 그가 역이기를 받아들인 것을 보면, 선비라고 해서 무조건 나쁘게만 생각한 건 아니지.

성우 : 『사기열전』을 읽다 보면 역사에서 몇 가지 공통된 느낌을 받게 돼요. 그중 하나가 '말[言]의 힘'이에요. '끊임없이 싸우고, 그래서 이기고 지는 일을 반복하는 게 역사인가?' 싶다가도, 누군가 꼭 말로 문제를 해결하고 길을 제시하더라고요.

아빠 : 군사 수만 명이 싸워도 안 될 일을 한 사람이 말로 해결했다는 건 굉장히 놀라운 일이지. 전쟁이라는 극단적인 수단을 선택하지 않고 말로 문제를 해결할 수 있다니 얼마나 대단한 일이니! 역이기와 육가는 바로 그런 지혜를 가졌던 사람이야.

인간은 온갖 기계와 무기를 만들어 물질문명을 세웠지만, 인간의 위대함은 그런 물질적인 성취에 있는 것이 아닐 거야. 오히려 자신의 생각을 멋들어진 말로 표현해서 서로를 이해하고, 때로는 상대를 설득해서 불가능해 보이는 변화를 이루는 데 있지 않을까.

성은 : 말〔馬〕 위에서 천하를 얻은 자신에게 시서(詩書)가 무슨 쓸모가 있냐는 유방의 말도 틀린 건 아니라고 생각해요. 저만 해도 수학 같은 건 왜 해야 하는지 도무지 알 수 없을 때가 많거든요.

아빠 : 육가가 인용한 말과 시서는 단순히 여러 가지 분야 중의 하나가 아니란다. 여기서 말〔馬〕은 '무력'을 상징하고, 시서는 '문화'를 상징해. 혼란한 시대에 나라를 세우자면 무력이 필요하지. 하지만 일단 나라를 세우고 나면 무력으로는 백성들을 행복하게 할 수 없어. 그래서 문화를 통해 나라를 다스려야 한다고 한 거야.

목숨을 바쳐 은혜를 갚다
「자객 열전2」

섭정은 협루를 죽여 자신을 알아주었던 엄중자의 은혜에 보답하였고, 형가는 비록 일을 이루지는 못했지만 진왕의 궁전에 들어가 그를 칼로 위협하여 진나라 왕과 그 신하들의 간담을 서늘하게 하였다. 그래서 「자객 열전」을 지었다.

– 「태사공 자서」

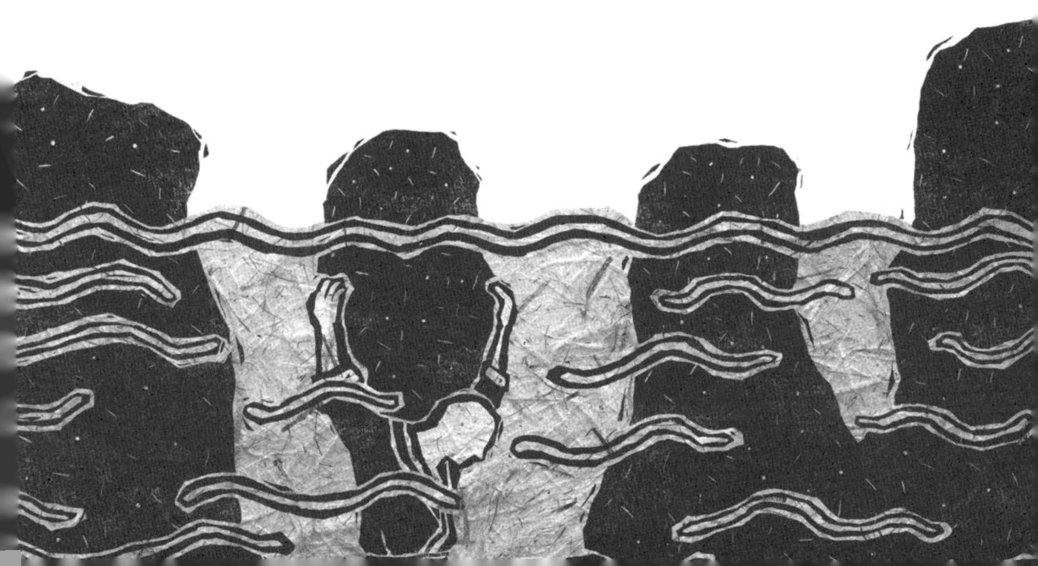

은인을 위해 자객이 되다

섭정은 위나라 지현 심정리 사람이다. 그는 일찍이 사람을 죽인 일이 있었기 때문에 누이와 함께 어머니를 모시고 제나라로 달아나, 개잡는 일을 하면서 살았다.

한편 복양의 엄중자는 한나라 애후를 섬기고 있었는데, 재상이었던 협루와 사이가 나빴다. 목숨의 위협을 느낀 엄중자는 한나라에서 도망친 뒤, 복수해 줄 사람을 찾아다녔다. 그러던 중 제나라에 갔는데, 어떤 사람이 섭정을 추천했다.

섭정을 만나 본 엄중자는 그가 보통 사람이 아니라는 것을 알아보고 술과 고기로 후하게 대접했다. 어느 날 엄중자는 섭정의 어머니를 모시고 술을 마시다가 황금 백 냥을 주면서 장수하시기를 기원하였다. 섭정은 너무 큰돈이라 사양했지만 엄중자는 굳이 예물을 바쳤다. 섭정이 그 이유를 묻자, 엄중자는 그제야 자신을 위해 복수를 해 줄 수 없겠느냐고 속마음을 털어놓았다. 그러자 섭정은 이렇게 말했다.

"제가 출세하려는 뜻을 세우지 않고 낮은 신분으로 개나 잡으며 사는 것은 어머니를 모시고 있기 때문입니다. 어머니가 살아 계시는 동안에는 다른 사람을 위해서 목숨을 바칠 수 없습니다."

엄중자는 그 말을 듣고도 돈을 주려고 했지만, 섭정은 받지 않았다. 할 수 없이 엄중자는 예를 갖추어 인사를 하고는 떠났다. 오랜 시간이 흐른 뒤 섭정의 어머니가 돌아가셨다. 상을 치른 뒤 섭정은 이렇게 말했다.

"나는 시정에서 개나 잡으면서 사는 비천한 자이다. 그런데 엄중자는 높은 신분으로 천리를 마다하지 않고 나를 찾아와 사귀었고, 백금을 바쳐 어머니의 장수를 빌어 주었다. 내 비록 받지 않았지만 이 사람은 나를 깊이 알아주는 사람이다. 그때는 어머니가 살아 계셔서 그를 위해 일하는 것을 사양하였다. 하지만 이제 천수를 누리고 돌아가셨으니 그를 위해 내 몸을 바칠 수 있다."

그러고는 복양으로 엄중자를 찾아가서 원수가 누구인지 물었다. 엄중자는 이렇게 말했다.

"나의 원수는 한나라 재상 협루입니다. 협루는 한나라 임금과는 친족이며, 그를 지키는 병사도 많습니다. 일찍이 사람을 시켜 그를 죽이려 하였으나 실패하고 말았습니다. 당신이 나의 청을 들어주시겠다면, 수레와 말은 물론 당신을 도울 사람을 모으도록 하겠습니다."

그러자 섭정은 사양하면서 이렇게 말했다.

"사람이 많으면 오히려 좋지 않습니다. 누군가 산 채로 잡혀서 일을 꾸민 사람이 알려지면 당신은 한나라 전체와 원수가 될 것이니 어찌 위태롭지 않겠습니까?"

그 뒤 섭정은 홀로 한나라로 떠났다. 섭정은 재상 협루를 찾아갔는데, 때마침 협루가 관청 높은 곳에 앉아 있었고, 주변에 칼과 창으로 무장한 호위 무사가 많았다. 태연히 관청 안으로 들어간 섭정은 계단을 뛰어올라서는 단칼에 협루를 찔러 죽였다. 갑작스러운 사태에 좌우에 있던 자들이 크게 놀라 섭정에게 달려들었지만, 섭정은 그들 수십 명을 찔러 죽였다. 그 뒤 섭정은 자기 얼굴 가죽을 벗기고, 눈을 파낸 다음 배를 찔러 자결하였다.

한나라에서는 섭정의 시체를 저잣거리에 내다 놓고, 그가 누구인지 아는 사람에게 금 1천 냥을 주겠다고 했다. 그러나 그를 아는 이가 아무도 없었다.

그러던 중 섭정의 누이가 그 소식을 듣고는 틀림없이 자기 동생일 거라 생각하여 한나라로 가 보았다. 죽은 자는 과연 섭정이었다. 누이는 그가 섭정임을 밝히고 크게 통곡한 다음, 결국 섭정 곁에서 죽었다.

홀로 진나라 왕에 맞서다

형가는 위나라 사람으로, 여러 곳을 돌아다니다 연나라로 갔다. 그곳에서 현자로 유명했던 전광을 만났는데, 그가 형가를 잘 대우해 주었다.

그러던 중 진나라에 볼모로 가 있던 연나라 태자 단이 도망쳐 왔다. 태자 단은 볼모였던 자신을 푸대접한 진나라 왕에게 원한을 품고 있었다. 그리하여 진나라에 보복하고 싶었지만, 나라가 작아서 힘이 미치지 않았다.

반면 진나라는 제나라, 초나라, 조나라를 연달아 공격하여 급기야 연나라 가까이까지 다가왔다. 그러던 중 진나라의 장군 번오기가 죄를 짓고 연나라로 도망해 왔다. 태자가 그를 받아들이려 하자, 태자의 스승이었던 국무는 진나라의 원한을 사는 일이라며 반대했다. 하지만 태자는 진나라가 두려워 자신에게 의지하러 온 사람을 다른 곳으로 쫓아낼 수는 없다고 한 뒤, 오히려 진나라에 보복할 방법을 찾으라고 말했다. 이에 국무는 전광을 불러 태자를 만나게 했는데, 전광은 태자에게 그 일을 해낼 만한 인물로 형가를 추천했다.

태자는 형가에게 상경이라는 벼슬을 내리고, 가장 훌륭한 객사에 묵게 하였다. 또 날마다 온갖 맛있는 음식을 차려 주고, 수레와 말을 바쳤으며, 때로는 미녀를 보내 그의 마음을 샀다. 하지만 시간이 많이 흘렀는데도 형가는 움직일 기미가 없었다. 하여 태자가 형가를 찾아가 떠날 때가 된 것 같다는 말을 넌지시 꺼냈다.

"안 그래도 태자께 말씀드리려고 했습니다. 이대로 진나라로 가 봤자, 진나라 왕에게 접근조차 못합니다. 하지만 진나라 왕의 신임을 얻는 방법이 있긴 합니다. 진나라 왕이 천금을 내걸고 잡으려는 번오기 장군의 목과, 연나라의 지도를 가지고 가면 진왕의 신임을 얻을 것입니다."

이 말을 들은 태자는 연나라의 지도는 줄 수 있어도, 번오기 장군의 목은 절대 안 된다고 했다. 태자의 뜻을 바꿀 수 없는 것을 안 형가는 직접 번오기 장군을 찾아가 사정을 이야기했다. 그러자 번오기는 주저하지 않고 스스로 목을 찔러 죽었다. 태자가 소식을 듣고 달려와 번오기의 시신에 엎디어 통곡했지만 이미 죽은 사람을 어떻게 할 도리가 없었다.

이렇게 하여 형가는 번오기 장군의 목과 연나라의 지도, 그리고 태자가 준 날카로운 단검을 가지고 길을 떠났다. 진나라에 도착한 형가는 연나라의 사신으로, 번오기의 목과 연나라의 지도를 가지고 항복하러 왔다고 전했다.

진나라 왕은 크게 기뻐하며 예를 갖추어 형가 일행을 만났다. 형가는 진나라 왕에게 지도를 가져다 바쳤는데, 진왕이 지도를 꺼내 펼치자 그 속에서 칼이 나왔다. 그 순간 형가는 왼손으로 진나라 왕의 소매를 붙잡고, 오른손으로 칼을 잡아 진나라 왕을 찔렀다. 깜짝 놀란 진왕이 급히 몸을 피하자 소매가 칼에 찢겨 나갔다. 진나라 왕은 자신이 차고 있던 칼을 뽑으려 했으나 칼이 너무 길어 뽑을 수가 없었다.

진나라 법률에 따르면, 왕의 궁전에서는 왕을 제외한 누구도 무기를 소지할 수 없었다. 그래서 신하들은 모두 맨주먹으로 형가에게 달려들 뿐 어찌할 방법이 없었다. 도망가는 진나라 왕을 형가가 계속 쫓고 있었는데, 신하들이 소리쳤다.

“임금님, 칼을 등에 지고 뽑으십시오.”

그 말을 들은 진왕이 마침내 칼을 등에 지고 뽑아 형가를 내리쳤다. 칼에 맞아 넘어지면서 형가는 자신의 칼을 진나라 왕에게 던졌는데, 그것이 궁전의 기둥에 맞았다. 일이 틀어졌다는 것을 안 형가는 진나라 왕을 이렇게 꾸짖었다.

“일을 이루지 못하게 된 것은 내가 그(진왕)를 산 채로 위협하려 했기 때문이다. 그에게 약속을 받아 내어 태자에게 보답하려 했는데⋯⋯.”

말이 끝나는 순간, 좌우의 신하들이 모두 나와 형가를 죽였다.

‘자객’을 어떻게 이해해야 할까

성우 : 누군가 나를 알아준다는 건 이토록 놀라운 일을 만드나 봐요. 섭정이 목숨을 바쳐 엄중자의 원수를 갚은 일이나, 번오

기가 기꺼이 스스로 자기 목을 찌른 일, 그리고 형가가 진나라 왕을 죽이려던 일이 모두 자기를 알아준 사람을 위한 것이었잖아요.

아빠 : 그렇지. 그들은 대부분 어려운 처지에 놓여 있었는데, 그 가치를 알아보고 도움을 준 사람을 위해 목숨까지 바쳤지. 사실 엄중자나 연나라 태자 단 같은 귀족들이 섭정이나 형가 같은 비천한 사람을 높이 평가하고 특별히 대우하는 것은 결코 쉬운 일이 아니란다. 신분을 초월한 그런 파격적인 대우가 섭정이나 형가를 감동시킨 거지.

성은 : 그런데 아빠, '자객'을 어떻게 이해해야 할지 정말 모르겠어요. 자객은 누군가를 위해 자신의 목숨을 걸고 위험한 상황으로 뛰어들잖아요? 그건 굉장히 용기 있는 행동이고, 솔직히 멋있다는 생각도 들어요. 하지만 목숨을 바쳐 개인의 원수를 갚는 게 잘하는 일일까요?

아빠 : 개인의 사사로운 원한을 갚기 위해 보복하는 것은 바람직하지 않지. 보복은 또 다른 보복을 낳기 마련이니까. 하지만 역사적으로 보면 보복을 통해서 질서를 유지했던 시대도 있

었단다. 누군가 부당한 일을 저지르면 피해를 당한 사람이 보복하는 것이 정당화되던 시대였지. 섭정이나 형가가 활동했던 고대의 중국도 그런 때였어.

성우 : 이토 히로부미를 죽인 안중근 의사도 자객이라고 볼 수 있을까요?

아빠 : 안중근 의사의 경우는 개인적인 보복이 아니라, 스스로 나라를 지키기 위해 나섰어. 민족의 어려움을 극복하려고 '의롭게' 저항했다는 점에서 자객이라기보다 '의사' 또는 '지사'라 해야 마땅하지.

성은 :『사기열전』을 읽다 보면, 뜻하는 바를 위해 목숨을 바치는 경우가 많은 것 같아요. 하지만 누군가 목숨을 바쳐야 하는 세상이 과연 좋은 세상일까요?

아빠 : 훌륭한 사람이 목숨을 바쳐야 하는 세상이 좋은 세상인가? 음, 그건 아빠에게도 어려운 질문인걸. 하지만 그런 훌륭한 사람들이 목숨을 바쳐서까지 지키려고 했던 가치가 무엇인지 생각해 볼 필요가 있지 않을까?

천금보다 귀한 한 마디

「계포·난포 열전」

계포는 부드러움으로 강함을 이겨 한나라의 대신이 되었고, 난포는 고조의 위엄에 무릎 꿇지 않고 팽월과의 의리를 지켰다. 그래서 「계포·난포열전」을 지었다.

– 「태사공 자서」

부드러움으로 강함을 이기다

계포는 의롭고 약속을 잘 지키는 사람으로 초나라에서 명성을 얻었다. 항우 밑에서 군사를 이끌고 한나라 고조를 여러 차례 괴롭혔다. 항우가 죽은 뒤, 한고조는 1천 금의 현상금을 내걸고 계포를 붙잡으려 했다. 또 그를 숨겨 주는 자는 삼족을 멸하겠다고 널리 알렸다.

처음에 계포는 복양현 주씨(周氏)라는 사람의 집에 숨어 있었다. 그는 계포에게 수치스럽더라도 얼마간 노예가 되어 주가(朱家)의 집에 숨어 있는 게 좋겠다고 권했다. 계포를 숨겨 준 주가는 등공(유방의 부하 하후영을 말함. 그가 일찍이 등현의 현령을 지냈기 때문에 등공이라 부름)과 친분이 있었는데, 어느 날 등공을 찾아가 이렇게 말했다.

"신하란 본디 자신의 임금을 위해 일하는 사람입니다. 그러니 계포가 항우를 위해 일한 것도 그 처지에서는 당연한 일이었습니다. 예전 항우의 신하였던 이를 어찌 다 죽일 수 있겠습니까? 그런데 황제께서는 계포를 붙잡아 죽이려 하시니, 그는 아마 북쪽 오랑캐에게 몸을 맡기든가 남쪽 월나라로 도망칠 것입니다. 이는 결과적으로 적국을 도와주는 셈입니다."

이에 등공은 주가가 계포를 숨겨 주고 있다는 것을 짐작하였다.

그 뒤 등공이 기회를 보아 고조에게 주가가 한 말을 그대로 전했다. 마침내 고조는 계포를 용서하고 벼슬을 주었다. 이 일로 사람들은 계포가 노예가 되는 수치를 참고, 자신의 강한 성품을 스스로 잘 눌러 몸을 보존하였다고 칭송했다.

고조가 죽고 혜제가 즉위하자, 계포는 벼슬이 더 높아졌다. 그 당시 혜제의 어머니였던 태후가 실권을 장악하고 있었는데, 때마침 흉노 쪽에서 태후를 모욕하는 편지를 보내왔다. 조정에서 그 일로 흉노 정벌을 의논하였는데, 상장군이었던 번쾌가 자신에게 10만 군사를 내주면 흉노를 쳐부수고 돌아오겠다고 장담하였다. 번쾌는 태후의 사위였기 때문에 다들 눈치만 보고 있었는데, 계포가 나서서 이렇게 말했다.

"번쾌는 신중하지 못한 자이니 마땅히 처벌해야 합니다. 옛날 고조께서도 30만의 군대를 이끌고도 흉노와 어려운 싸움을 했습니다. 그런데 번쾌가 10만의 군대로 어찌 흉노를 이길 수 있겠습니까? 이것은 조정을 속이는 짓입니다. 또 흉노를 건드리는 것은 현명한 일이 아닙니다. 사실 진나라가 망한 것도 흉노를 정벌하려고 잘못 나섰기 때문입니다. 더욱이 아직 전란의 상처가 아물지 않았는데, 또다시 전쟁을 일으키는 것은 옳지 않습니다."

조정에 있던 모든 사람들이 겁을 냈지만, 태후는 조회를 끝낸 뒤 다시는 흉노 정벌을 입에 올리지 않았다.

그 뒤 문제 때 계포는 하동의 태수가 되었는데, 어떤 사람이 왕에게 계포가 현명하다고 칭찬하였다. 이에 문제가 계포를 불러서 어사대부로 삼으려 하자, 이번에는 계포가 용맹하기는 하나 술을 마시면 엉망이 된다고 헐뜯는 이가 있었다. 그래서 계포는 장안에 와서 한 달 동안 머물다 그대로 돌아가게 되었다. 계포는 문제에게 나아가 이렇게 말했다.

"신은 아무 공도 없이 총애를 입어 하동 태수로 있었습니다. 어느 날 폐하께서 까닭 없이 신을 부르셨으니, 이것은 아마 어떤 사람이 신을 칭찬하여 폐하를 속였기 때문일 것입니다. 그런데 이제 아무 일도 맡겨 주지 않고 그대로 돌아가게 하시니, 이것은 또 어떤 이가 저를 헐뜯었기 때문일 것입니다. 폐하께서 만약 한 사람이 칭찬한다고 해서 저를 부르시고, 또 한 사람이 헐뜯는다고 저를 떠나게 하시면, 백성들이 폐하의 식견을 얕볼까 두렵습니다."

문제는 아무 말 없이 한참 있다가 이렇게 말했다.

"하동은 중요한 고을이기 때문에 그대를 특별히 불렀던 것이오."

그러자 계포는 하직 인사를 올리고 그대로 돌아갔다.

초나라에 조구생이라는 말재주가 뛰어난 이가 있었는데, 본디 권세와 부귀를 좋아하여 조동이나 두장군 같은 세력가들과 사귀었다. 조동은 당시 문제의 총애를 받던 환관이고, 두장군은 문제의 처남이었다. 조구생을 싫어했던 계포는 두장군에게 편지를 보내 조구생과 가까이 지내지 말라고 당부하였다. 그러던 중 조구생이 계포를 만나기 위해 두장군을 찾아가 소개 편지를 써 달라고 부탁했다. 두장군은 계포가 조구생을 싫어한다고 일러주었지만, 조구생은 굳이 소개장을 받아 갔다. 조구생은 계포를 찾아가기 전에 미리 사람을 시켜 편지를 보냈다. 편지를 받은 계포는 크게 화를 내며 조구생이 오기를 기다렸다. 조구생은 계포의 집에 도착하여 대뜸 이렇게 말했다.

"초나라 사람들이 말하길 '황금 백 근을 얻는 것보다 계포의 한 마디 승낙을 얻는 것이 낫다.'라고 합니다. 그런데 당신은 어찌하여 이런 명성을 천하에 널리 알리지 않고 초나라에만 머물러 있습니까? 당신이 허락하신다면, 나는 앞장서 당신의 이름을 천하에 드날릴 것입니다."

그 말을 듣고 크게 기뻐한 계포는 그를 후하게 대우했다. 이후 계포의 명성은 더욱 높아졌다. 조구생이 가는 곳마다 그를 치켜세웠기 때문이다.

위협에 굴하지 않고 의리를 지키다

난포는 양나라 사람이다. 훗날 한고조가 양나라 왕으로 삼은 팽월이 평민이었을 때, 난포와 아주 가깝게 지냈다. 둘은 제나라에서 함께 남의 집 머슴살이를 했는데, 팽월은 거야로 가서 도둑이 되고, 난포는 노예가 되어 연나라로 팔려 갔다.

난포는 집주인을 위해 원수를 갚아 주었는데, 연나라 장군 장도가 그를 좋게 보고 도위 벼슬을 주었다. 장도는 나중에 연나라 왕이 되어 한고조와 싸웠는데, 한고조의 군사에게 사로잡히고 말았다. 이때 한고조를 도운 공으로 양나라 왕이 된 팽월이 그 소식을 듣게 되었다. 팽월은 고조에게 청하여 난포의 목숨을 구해 주고, 양나라로 불러 벼슬을 주어 후하게 대했다.

얼마 뒤 난포가 팽월의 명을 받고 제나라에 사신으로 가게 되었다. 그 사이 한고조는 팽월이 반란을 일으켰다고 오해하여 팽월을 죽이고 친족을 다 잡아 죽였다. 고조는 팽월의 시신을 낙양에 늘어놓고, 시신을 거두어 주는 이가 있으면 그 역시 반란죄로 처벌하겠다고 알렸다.

제나라에서 돌아온 난포는 팽월의 시신을 거두어 제사를 지내고 슬피 울었다. 관리가 그것을 보고 난포를 붙잡아 고조에게 데리고 갔다. 고조가 난포를 꾸짖자 그는 이렇게 말했다.

"옛날 폐하께서 항우에게 패했을 때 항우가 한나라를 멸망시키지 못했던 것은 팽월이 양나라에서 항우의 군대를 공격했기 때문입니다. 그때 만약 팽월이 항우의 편을 들었다면 한나라는 망하고 말았을 것입니다. 한나라의 천하가 된 뒤에 팽월은 폐하가 내려

주신 양나라를 받아 대대로 자손들에게 전하기를 바랐습니다. 한데 지금 폐하께서 그를 의심하여 죽였으니 이제 나라를 위해 공을 세운 대부분의 신하들이 위협을 느끼지 않을까 싶습니다. 신을 받아 주었던 팽월이 이미 죽었으니 저도 죽는 편이 낫다고 생각합니다. 부디 저를 죽여 주십시오.”

고조는 난포를 용서하고 그를 도위로 임명했다.

그 뒤 난포는 문제 때에 재상도 되고, 장군도 되었다. 그는 늘 이렇게 말했다.

“곤궁할 때 자신을 굽히지 않는 사람은 보통 사람이 아니고, 부귀해졌을 때 자신의 뜻대로 하지 못하는 사람은 훌륭한 사람이 아니다.”

그러고는 일찍이 자신에게 은혜를 베푼 사람들에게 두터이 보답하였다.

• 사 기 를   묻 다 •

굽혀서 뜻을 펼치고, 목숨을 걸고 의를 좇다

성은 : 아빠, 계포는 정말 할 말을 다 하는 사람이다 싶어요. 계

포의 말을 들은 사람들은 결국 그의 말을 받아들이니 참 신기하지 뭐예요.

아빠 : 문제가 뚜렷한 이유 없이 계포를 불렀다가 그대로 돌아가게 했지. 이때 계포가 문제에게 한 말을 봐. 아무 공도 없이 하동 태수가 되었다고 말하여 자신을 한껏 낮춘 다음, 왕이 한두 사람의 말에 현혹되어 사람을 쓰기도 하고 버리기도 하는 잘못을 저지르고 있다고 말하잖니.

성우 : 저는 "곤궁할 때 자신을 굽히지 않는 사람은 보통 사람이 아니고, 부귀해졌을 때 자신의 뜻대로 하지 못하는 사람은 훌륭한 사람이 아니다." 라고 한 난포의 말에 마음이 끌려요.

아빠 : 대개 사람들은 경제적으로 어려우면, 자신의 뜻을 지키지 못하고 무슨 일이든 하기 마련이지. 또 부귀해지면 쉽게 교만해져서 올바른 도리를 지키지 않는 경우가 많아. 난포는 아마 사람들의 그런 모습을 보고, 자신은 절대 그렇게 살지 않겠다고 다짐했을 거야.

성은 : 계포와 난포의 이야기에 저는 무척 감동 받았어요. 자기

가 위험에 빠질 수 있는데도 계포를 숨겨 준 주가, 그리고 목숨을 걸고 친구 팽월의 시신을 거두어 준 난포. 이런 게 의리라는 거겠죠?

아빠 : 그래. 주가가 계포를 숨겨 주고, 난포가 팽월의 시신을 수습한 것은 모두 목숨을 걸고 한 일이란다. 이처럼 한 인간에 대한 믿음과 존경을 지키기 위해 위험을 무릅쓴 이야기는 오래도록 감동을 주는구나.

성우 : 계포나 난포가 역사에 이름을 남기게 된 데는 한고조의 역할도 크지 않아요?

아빠 : 눈여겨보면 한고조 유방이 두 사람을 용서한 이유가 같다는 것을 알 수 있어. 한고조는 잘못된 판단이다 싶을 때 기꺼이 결정을 바꿀 줄 아는 지혜로운 사람이었어. 만약 한고조가 자신의 잘못을 인정하지 않았다면, 계포나 난포의 훌륭한 행동은 역사 속에 묻혔을지도 모른단다.

나라를 지킨 강직한 신하들

「원앙·조조 열전」

원앙은 황제의 노여움을 무릅쓰고 강직하게 군주가 지켜야 할 도리를 주장하여 이행하게 하였고, 조조는 자기 몸을 돌보지 않고 나라를 위해 기나긴 계책을 세웠다. 그래서 「원앙·조조 열전」을 지었다.

－「태사공 자서」

바른말로 임금을 이끌다

원앙은 초나라 출신으로 문제 때 낭중이라는 벼슬에 올랐다. 그 당시 승상이었던 주발은 자신의 세력을 믿고 거들먹거리며 다녔다. 심지어 황제 앞에서도 거만하게 굴 정도였다. 황제 또한 그가 물러갈 때마다 몸소 배웅할 정도로 그를 존중했다. 이를 지켜보던 원앙이 어느 날 황제에게 이렇게 물었다.

"폐하께선 승상을 어떤 신하로 여기십니까?"

"나라의 사직을 지켜 주는 신하라 할 만하지."

"승상은 그저 공신에 지나지 않습니다. 사직을 지켜 주는 신하는 나라와 운명을 함께하는 신하를 말합니다. 그런데 그는 여씨 일족의 횡포로 나라가 위태로울 때, 군을 이끄는 위치에 있었으면서도 먼저 나서지 못했습니다. 그러다가 나중에 여태후가 죽고 조정의 대신들이 모두 들고일어나 여씨 일족을 치기 시작했습니다. 때마침 그가 병권을 쥐고 있었기 때문에 우연히 공을 세우게 된 것입니다. 그러니 그는 사직을 지키는 신하가 아니라 그저 흔한 공신일 뿐입니다. 그런데도 그는 감히 조정에서 거만하게 굴고 폐하께서도 그를 높이시니 이는 임금과 신하 사이에 지켜야 할 도리가 아닙니다."

그 뒤로 문제는 주발을 대할 때마다 위엄을 갖추었고, 이에 주발은 차츰 두려워하게 되었다.

주발이 승상 자리에서 물러나 고향으로 돌아갔는데, 어떤 자가 주발이 반란을 꾀한다고 알려 왔다. 곧바로 붙잡혀 와 옥에 갇힌 주발을 아무도 변호하지 않았다. 그때 원앙이 나서서 그가 죄가 없다는 사실을 밝혀내 마침내 주발이 풀려났다.

그 당시 문제의 동생이었던 회남왕 유장은 조정에 들어와 사람을 함부로 죽이는 등 제멋대로 행동하였다. 원앙은 회남왕의 책임을 물어 그에게 내려 준 영토를 깎아야 한다고 청했지만, 문제는 그의 말을 받아들이지 않았다. 그러다 회남왕이 반역에 가담한 사실이 밝혀지자, 문제는 그를 죄인이 타는 수레에 실어 귀양을 보냈다. 이때 원앙이 나서서 문제를 말렸다.

"폐하께서 평소 회남왕의 교만한 행동을 그냥 보고 넘기셨기 때문에 일이 이렇게 된 것입니다. 그런데 지금 갑자기 그를 중죄로 처벌하려 하시니 옳지 않습니다. 자칫 회남왕이 귀양 가다 상심하여 죽기라도 한다면, 폐하께서는 천자로서 아우 하나를 어루만지지 못했다는 소리를 듣게 될 것입니다."

하지만 문제는 듣지 않고 그대로 회남왕을 귀양 보냈다. 과연 원앙의 말대로 회남왕은 도중에 병이 나 죽고 말았다. 그 소식을 들은 문제는 밥도 먹지 않고 통곡하며 자신이 원앙의 말을 듣지 않아서 이렇게 되었다고 후회했다.

이 일이 있은 뒤 원앙의 영향력은 점차 커졌고, 황제의 신임도 갈수록 두터워졌다. 하지만 원앙은 바른말을 잘했기 때문에 주위에서 원한을 많이 샀다. 이에 그는 궁중에 오래 머물지 못하고 외진 곳으로 밀려났다. 거기서도 강직한 성품으로 부하들을 잘 보살펴 주어 원앙을 위해 목숨을 바치려는 자가 많았다.

원앙이 벼슬에서 물러난 뒤, 그에게 원한을 품은 자가 그를 죽이려고 자객을 보냈다. 그러나 그 자객은 먼저 원앙이 어떤 사람인지 알아본 뒤, 원앙을 만나 이렇게 일러 주었다.

"저는 당신의 원수에게서 돈을 받고 당신을 죽이려 했지만, 당신이 훌륭한 분인 걸 알고 차마 그렇게 할 수 없었습니다. 하지만 앞으로도 당신을 죽이러 자객들이 계속 올 것이니 부디 조심하시기 바랍니다."

과연 얼마 뒤 원앙은 점을 치러 성문 밖으로 나갔다가, 원수가 보낸 자객에게 살해되고 말았다.

자신의 안위보다 나라의 안녕이 먼저

조조(鼂錯)는 일찍이 법률로 나라를 다스린다는 상앙의 학문을 배

위 이름이 널리 알려졌고, 풍부한 학식을 인정받아 문제 때 등용 되었다. 그 당시에는 『서경』(중국의 고대 역사를 기록한 책으로 요임금과 순임금 때부터 주나라에 이르기까지의 정사政事가 실려 있다. 공자가 정리했다 고 전해지나 확실치 않음)의 내용을 아는 이가 없었는데, 제남 사람 복 생만이 『서경』의 내용을 다 기억하고 있었다. 이에 신하들 가운데 조조가 뽑혀 『서경』을 배우러 갔다.

그 뒤 조조는 『서경』을 바탕으로 나라의 정책을 제안하여, 문제 에게 인정을 받아 태자를 보필하는 자리에 임명되었다. 조조는 제 후들의 봉토를 깎고 법령을 개정하여 그들의 권한을 축소해야 나 라가 안정된다는 글을 자주 올렸지만, 채택되지는 않았다. 문제가 죽고 태자였던 경제가 즉위하였는데, 그는 조조의 의견을 따르는 경우가 많았다.

승상이었던 신도가는 조조의 영향력이 갈수록 커지자 그를 미 워했다. 기회를 엿보던 신도가는 조조가 조정의 사당에 문을 낸 것을 트집 잡았다. 하지만 조조는 '사당의 담을 뚫은 것이 아니라, 빈터의 바깥쪽 담을 뚫어서 관청에 드나들기 편하게 한 것'이라고 자세히 보고하여 용서를 받았다. 이후 어사대부가 된 조조는 법령 을 개정하여 제후들의 권한을 제한하는 한편, 제후들 가운데 법을 어긴 자들은 나라에서 내려준 영토를 깎거나 그 땅을 몰수하였다. 이렇게 되자 제후들 사이에서는 조조를 미워하는 이가 날로 늘어났다.

그런 소문을 들은 조조의 아버지가 걱정스럽게 말했다.

"이제 제후들은 물론이고, 각지의 세력 있는 자들이 모두 너에게 원한을 품고 있다. 도대체 왜 그러는 거냐?"

"그렇게 하지 않으면, 황제께서 천하를 편안히 다스리지 못하기 때문입니다."

"천하는 편안하게 될지 몰라도 우리 조씨 집안은 틀림없이 위태로워질 것이다. 네가 계속 그렇게 하겠다면 차라리 내가 죽어 버리겠다. 집안에 재앙이 닥치는 것을 나는 차마 보지 못하겠다."

조조의 아버지는 결국 독약을 마시고 자살하고 말았다. 과연 그가 죽은 지 열흘이 되지 않아 조조를 죽인다는 명분으로 오나라와 초나라 등 일곱 나라가 난을 일으켰다〔오초칠국의 난〕. 이에 조정 대신들이 모두 조조를 죽여서 난을 안정시켜야 한다고 하자, 결국 황제는 조조를 죽이도록 허락하였다. 그 뒤 등공이 군대를 이끌고 난을 진압하고 돌아오자, 황제는 조조를 죽여서 반란군이 싸움을 중단하지 않았느냐고 물었다.

"폐하, 오나라와 초나라가 반란을 꾀한 것은 수십 년에 이릅니다. 조조를 처형하겠다는 명분을 내세웠으나 그들이 원하는 것은 조조가 아닙니다. 조조는 제후들이 너무 강대해져 통제할 수 없게 되지 않을까 걱정한 나머지, 제후들의 영토를 줄여 황제를 존엄하게 했던 것입니다. 이는 나라에는 두고두고 이익인데, 그 일을 시행하기 직전에 조조가 갑자기 죽게 된 것입니다. 결국 안으로 충신의 입을 막고, 밖으로는 제후들의 원수를 갚아 준 셈입니다."

등공의 말을 듣고 황제는 조조를 죽인 일을 크게 후회하였다.

• 사 기 를　묻 다 •

사직을 지키는 신하의 도리

성우 : 아빠, 원앙이 주발을 두고 '사직을 지키는 신하'가 아니라, 그저 '공신'일 뿐이라고 했지요? 그게 무슨 차이가 있는지 잘 모르겠어요. 공신이라면 나라를 위해 공을 세운 사람이란 뜻이니까 역시 훌륭한 신하 아닌가요?

아빠 : '사직을 지키는 신하'는 본래 맹자가 한 말인데, '사직'이란 토지신과 곡물신에게 제사 지내는 신성한 곳이야. 물론 나라가 망하면 사직도 함께 허물어지게 되지. 그래서 사직을 지키는 신하라고 하면, 나라를 끝까지 유지하기 위해 모든 노력을 기울이는 신하를 뜻해. 심지어 임금이 좋아하지 않는 정책

이라 하더라도 나라를 오랫동안 유지하는 데 도움이 된다면, 그런 정책을 시행하려는 게 사직을 지키는 신하의 도리지. 그에 비해 공신은 그저 한때 세운 공으로 자리를 얻은 신하를 말해. 원앙이 보기에 공신들은 사직보다 자신의 안위를 먼저 챙기는 사람들이라는 거지.

성은 : 원앙은 정말 강직한 사람이라는 생각이 들어요. 주발의 힘이 강해서 아무도 뭐라고 말을 못 할 때는 그의 잘못을 비판하더니, 그가 힘을 잃고 억울하게 붙잡혔을 때는 오히려 적극 변호했잖아요. 원앙처럼 행동하는 사람이 곁에 있다면, 든든할 것 같아요.

아빠 : 사람들은 흔히 어떤 이가 힘이 셀 때는 아첨하다가, 힘을 잃고 약해지면 비난하고 업신여기기 일쑤지. 원앙처럼 강하든 약하든 한결같은 기준으로 사람을 평가한다면 누구도 불만을 품지 않을 거야.

성우 : 조조의 성품도 만만치 않았어요. 천하를 편안하게 하기 위해 자기 원칙을 지키는 조조, 그리고 그런 아들 때문에 집안이 위험에 빠질까 걱정하는 아버지. 두 사람의 갈등을 보면

서 '내가 조조라면, 혹은 조조 아버지라면 어땠을까?' 하고 생각해 봤지만, 답하기 쉽지 않아요.

아빠 : 나라와 사회를 위한 삶과 개인이나 가족을 위한 삶이 갈등을 일으키는 경우가 역사에서는 종종 있단다. 김구 선생이나 안중근 의사의 삶을 생각해 봐. 두 분은 역사에 길이 남을 위인이 되었지만, 그 가족과 후손은 어려움을 많이 겪었다고 해.

조조는 끝내 자기 소신을 지켰고 결국 아버지가 자결을 했으니 몹쓸 자식이 된 셈 아니니? 그래도 역사는 '나라를 진정 걱정한 충신'으로 조조를 기억한단다. 우리가 조조 같은 상황에 처한다면 어떤 선택을 할까? 사마천은 후대 사람들에게 이런 물음을 가져 보라고 『사기』를 썼는지도 모르겠구나.

성은 : 원앙과 조조는 모두 자기 자신보다는 나라를 먼저 생각했어요. 그렇지만 원앙은 자객의 칼에 죽었고, 조조 또한 황제의 명령으로 처형당하고 말았잖아요. 이렇게 훌륭한 사람들도 정당한 보상을 받지 못하고 결국 억울하게 죽음을 당했으니, 역사에는 많은 슬픔과 비극이 깃들어 있다는 생각이 들어요.

아빠 : 아마도 사마천은 역사란 반드시 사람들이 원하는 대로 흘러가는 것이 아님을 보여 주고 싶어서 이런 일을 있는 그대로 기록했는지도 몰라. 사마천이 그들을 높이 평가했으니 역사로부터 인정을 받은 것이나 마찬가지야. 시간이 많이 흘렀고 그와는 아무 상관없을 것 같은 우리가 그의 삶을 돌아보고 있는 걸 봐. 사람이 죽어서 이름을 남긴다는 게 이런 것 아니겠니?

죽은 사람도 살려 낸다

「편작·창공 열전」

편작은 뛰어난 의술로 의원들의 으뜸이 되었고, 사람을 치료할 때
원리원칙과 기술을 정밀하고 명확하게 지켜 후세에 누구도 그가 만
들어 낸 방법을 바꿀 수가 없었다. 창공도 그에 가까운 사람이라 할
수 있다. 그래서 「편작·창공 열전」을 지었다.

– 「태사공 자서」

고치지 못하는 병은 없다

편작은 성이 '진(秦)'이고 이름이 '월인(越人)'이다. 젊은 시절에 은 둔해 살던 장상군을 만나고는, 그가 보통 사람이 아님을 알아보고 극진히 모셨다. 10년이 지난 어느 날, 장상군이 편작을 불러 자신 이 조제한 약을 주면서 이렇게 말했다.

"이 약을 먹고 나서 30일이 지나면 사물을 알아볼 수 있게 될 것 이다."

그리고 자신이 가지고 있던 의학서를 모두 전해 주고는 홀연히 사라져 버렸다.

장상군의 말대로 약을 마신 편작은 30일이 지나자 담 저쪽의 사 람이 눈에 보이기 시작했다. 그런 상태로 병자를 보았더니 뱃속의 내장에 엉킨 것이 모두 들여다보였다. 그는 의사가 되어 제나라와 조나라를 돌아다녔는데, 조나라에서 그를 편작으로 불렀다. 그러 다 진나라의 세력가 조간자가 5일 동안 사람을 알아보지 못하는 병에 걸려 편작을 불렀다. 편작은 그가 3일 안에 나을 것이라고 진단했고 그의 말대로 되었다. 이에 편작의 이름이 세상에 널리 알려졌다.

그 뒤 편작이 괵나라를 지날 때 괵나라 태자가 죽었다는 소식을 들었다. 편작이 태자의 교육을 담당하는 관리인 중서자를 만나 태자가 어떤 병으로 죽었는지 묻자, 중서자는 이렇게 대답했다.

"태자의 병은 혈기가 제때 순환하지 못해서 내장이 상한 것입니다. 그리고 바깥에서 들어온 나쁜 기운이 몸에 쌓여 밖으로 배출되지 못하여, 양기는 느슨해지고 음기가 급해져서 갑자기 쓰러져 죽게 된 것입니다."

"시신을 수습했는지요?"

"아직 하지 않았습니다. 죽은 지 반나절이 지나지 않았으니까요."

"저는 제나라 발해 사람 진월인이라 합니다. 제가 태자를 살려보겠습니다."

중서자는 그 말을 믿지 않았으나 편작이 간청하자 괵나라 임금을 만나게 해주었다. 괵나라 임금을 만난 편작은 이렇게 말했다.

"태자의 병은 갑자기 기절하는 '시궐(尸蹶)'입니다. 양기는 아래로 내려가고 음기가 위로 치솟아 서로 싸우다가 음기는 깨지고 양기는 끊어져서, 겉으로는 죽은 것처럼 보입니다만 아직 죽지 않았습니다."

이어 침으로 태자의 삼양혈과 오회혈을 찔렀는데 잠시 후에 태자가 깨어났다. 이 일로 온 천하 사람들이 편작은 죽은 사람도 살린다고 했다. 그 이야기를 들은 편작은 이렇게 말했다.

"내가 죽은 사람을 살린 것이 아니라, 살 수 있는 사람을 살린 것일 뿐이다."

편작이 한단을 지날 때는 그곳 사람들이 부인을 존중한다는 것을 알고 부인병 전문 의사가 되었고, 낙양에 가서는 그곳 사람들이 노인을 존중한다는 것을 알고 노인병 전문 의사가 되었으며, 함양에 가서는 그곳 사람들이 어린이를 아낀다는 것을 알고 소아과 전문 의사가 되었다. 이처럼 그는 각지의 풍속에 따라 자신의 의술을 마음껏 변화시켰는데, 고치지 못한 병이 없었다.

그러자 편작을 시기하는 의사들이 많아졌다. 특히 당시 진나라의 의술 담당관인 태의령 벼슬을 하고 있던 이혜라는 자는 자신의 의술이 편작에 미치지 못함을 알고, 그를 미워한 나머지 자객을 보냈다. 결국 편작은 이혜가 보낸 자객의 손에 죽고 말았다.

귀한 의술을 세상에 전하다

창공은 제나라 사람으로 성은 '순우(淳于)', 이름은 '의(意)'이다. 그는 젊은 시절부터 의술을 좋아해서 여러 사람에게 의술을 배우다가 나중에 양경을 스승으로 모시고 배웠다. 양경은 나이가 70여 세였는데 자식이 없었다. 그는 순우의에게 지금까지 배웠던 의술을 모두 버리라고 하고 자신이 알던 비밀처방을 전수해 주었다.

그중에는 황제(상고 시대의 제왕으로 의술을 처음 창시한 사람이라고 전해
짐. 중국 최고의 의서 『황제내경』의 저자로 알려져 있음)와 편작의 진맥법도
있었다.

순우의는 이를 통해 환자의 색깔을 살펴보고 병을 진단하여, 사
람이 살고 죽는 것을 미리 알고, 진맥하는 것만으로 의심스러운
병을 판단하고 치료법을 결정하며, 약물 사용에도 능통하게 되었
다. 3년 동안 배운 뒤에는 사람의 병을 치료할 때 죽고 사는 것을
정확하게 판단할 수 있게 되었지만, 여러 나라를 돌아다니며 의술
을 펼치고 일정한 곳에서 사람을 치료하지 않았다. 이 때문에 그
를 원망하는 병자들이 많았다.

문제 때 어떤 사람이 순우의에게 형벌을 내려 손발을 잘라야 한
다고 황제에게 아뢰어, 그는 장안으로 압송되었다. 순우의에게는
딸이 다섯 있었는데 모두 아비를 따라와 울었다. 순우의는 "자식
을 낳아도 사내가 없어서 급할 때 아무 쓸모가 없구나."라고 한탄
하였다.

막내딸 제영은 이 말을 가슴 아프게 듣고 아버지를 따라 서쪽으
로 가면서 황제에게 글을 올렸다.

"제 아버지는 관리가 되어 제나라에는 청렴하고 공평한 사람으
로 알려졌는데, 지금 법에 걸려 형벌을 받게 되었습니다. 죽은 자
는 다시 살 수 없고, 형벌로 잘린 손발은 다시 이을 수 없습니다.

한번 형벌을 당하면, 잘못을 뉘우쳐 새 사람이 되려고 해도 방법이 없을 것이니 그것이 참으로 애통합니다. 원컨대 제가 관비가 되어서 아버지 대신 벌을 받겠습니다.”

이를 들은 황제는 순우의를 불쌍히 여겨 풀어 주고, 그 뒤로 손발을 자르는 형벌도 폐지하였다.

순우의는 집 안에 머물면서 그간 자신이 사람을 치료한 경험을 기록하여 황제에게 올렸다.

“신은 젊었을 때부터 의술을 좋아하여 세상에 전해지는 여러 가지 의술을 시험해 보았습니다. 그런데 대부분은 효험이 없었습니다. 그러다 양경을 만나 황제와 편작의 진맥법을 전수받았고, 3년이 지난 뒤에 시험 삼아 사람을 치료하고 살고 죽는 것을 예측해 보았는데 매우 정확하였습니다.

제나라의 시어사가 두통이 있다고 해서 진맥해 보니 그의 몸 안에 종기가 있어 5일이 지나면 붓고 8일 뒤에 죽을 줄 알았습니다. 그의 동생에게 이를 말해 주었는데, 예측한 때에 시어사는 죽었습니다.

제나라 왕 둘째 아들의 아이가 병에 걸려 저를 부른 적이 있습니다. 진맥을 해 보았더니 가슴에 기가 엉기는 병이었습니다. 이 병에 걸린 사람은 음식을 넘기지 못하고 가끔 가래를 토해 냅니다. 이 병은 마음에 깊은 고민이 있을 때 안 넘어가는 음식을 억지로 먹게 되면 생깁니다. 그래서 저는 기를 아래로 내려 주는 탕약을 먹었습니다. 하루가 지나자 엉겼던 기가 내려가고, 이틀 만에 음식을 먹을 수 있게 되었고, 사흘이 지나자 나았습니다.

제나라의 낭중령(왕을 가까이에서 모시는 고위관료)이 병에 걸렸을 때 의사들은 기가 거꾸로 치솟아 심장에 침입했기 때문에 생긴 병이라 생각하여 침을 놓았는데 차도가 없었습니다. 제가 진맥해 보니 대소변이 통하지 않아서 생긴 병이었습니다. 변을 통하게 해 주는 탕약을 먹게 했는데 한 번 마시니 소변이 통하고, 두 번 마시니 대변이 통했고, 세 번 마시고 나서는 완전히 나았습니다.”

순우의는 수십 명을 치료한 경험을 기록한 글을 황제에게 바쳤고, 이로써 황제와 편작의 의술이 세상에 전해지게 되었다. 글을 읽어 본 황제는 이렇게 물었다.

“같은 병인데 진단과 치료법이 다르고, 어떤 이는 죽고 어떤 이는 죽지 않았는데, 그 까닭이 무엇인가?”

“병의 이름은 같지만 증세가 다르기 때문에 진단과 치료를 달리한 것입니다. 또 병자가 음식을 제대로 먹지 않거나 감정을 조절하지 못하거나, 혹은 약을 제때 먹지 않거나 하면 예측이 맞지 않고 죽게 되는 일이 생깁니다.”

태사공은 말한다.

여자는 아름답든 못생겼든 궁중에 있으면 질투를 받게 되고, 선비는 어질든 어리석든 조정에 오르면 의심을 받게 된다. 편작은 뛰어난 의술 때문에 화를 당했고, 창공은 세상을 피했는데도 형벌을 받을 뻔했다. 제영은 문제에게 호소하여 아버지의 삶을 편안하게 하였다. 노자는 '아름다움은 재앙을 부르는 도구'라고 했는데, 편작과 같은 경우를 두고 한 말이 아니겠는가. 창공도 이 경우에 가깝다고 할 것이다.

· 사 기 를   묻 다 ·

뛰어난 의사의 조건

성은 : 이번에는 의사 이야기라 읽기 전부터 호기심이 생겼어요. 옛날에는 의학 기술이 그리 발달하지 않았을 텐데, 어떻게 병을 고쳤을까 늘 궁금했거든요. 편작이나 창공이 환자를 치료한 이야기를 보면, 꼭 좋은 의료기구가 있어야만 뛰어난 의사가 되는 건 아니구나 싶었어요.

아빠 : 편작이 담 너머의 사람까지 보았다는 이야기를 사람들은 곧이곧대로 받아들이지 않을 거야. 하지만 그가 남다른 관

찰력을 가지고 사람들의 병을 진단했던 것만은 분명해. 그리고 다른 의사가 죽었다고 진단한 사람을 포기하지 않고 살려 낸 것을 보면, 그가 사람의 생명을 얼마나 중시했는지 알 수 있지.

다른 의사들이 병의 증상을 없애는 것만을 중요하게 여긴 데 비해, 순우의는 병의 원인을 정확하게 짚어 내고 그 원인을 없애는 방법으로 병자를 치료했어. 결국 사마천은 뛰어난 의사가 되려면 생명에 대한 존중과 인간에 대한 폭넓은 이해가 있어야 한다고 말한 것이지.

성우 : "죽은 사람을 살린 것이 아니라 살 수 있는 사람을 살린 것뿐"이라는 편작의 말은 당연한 것 같은데도 이상하게 마음에 남아요. 오늘날 의사들에게도 이런 이야기는 꼭 들려주어야 할 것 같아요. 요즘에는 의사도 그저 돈을 벌기 위해 일하는 직업일 뿐이라는 생각이 들거든요.

아빠 : 현대에도 훌륭한 의사가 없는 것은 아니야. 가까이로는 한국의 슈바이처로 불리는 장기려 박사가 있었지. 그는 오직 생명을 최고의 가치로 추구하며, 평생 가난한 사람들을 치료해 주었어. 또 캐나다 출신 의사 노먼 베순도 있어. 그는 중국

의 전쟁터에서 자신의 피를 병사들에게 직접 수혈하는 등 헌
신적으로 부상자들을 치료하다가 결국 전쟁터에서 죽었어.

성은 : 그런데 아빠, 아무리 뛰어나면 뭘 해요? 그게 오히려 인
생을 꼬이게 만들었잖아요. 창공은 손발이 잘리는 벌을 받을
뻔했어요. 의사에게 그보다 더 잔인한 일이 어디 있겠어요? 딸
이 스스로 노비가 되어 아버지를 구하는 장면은 그래서 더 뭉
클해요.

성우 : 편작이나 창공처럼 뛰어난 사람이 있는 걸 보면 인간에
대한 자부심이 생겨요. 그런데 이처럼 훌륭한 사람을 불구로
만들거나 죽일 수 있는 걸 보면 참 무서워요. 정말 인간은 어
리석고 악하다는 생각이 들어요.

아빠 : 그래 『사기』를 읽다 보면 뛰어난 인물들이 남들의 모함
을 받아 죽는 일이 자주 나오지. 하지만 인재를 미리 알아보
고, 그들이 훌륭한 업적을 이룰 수 있도록 도와주는 사람들도
많단다. 어찌 보면 역사는 남의 능력을 높이 평가하는 자들과
시기하는 자들이 함께 뒤엉켜서 만들어지는지도 몰라.

초원을 달리는 북방 유목민의 패자

「흉노 열전」

하나라·은나라·주나라의 3대에 걸쳐 흉노는 늘 중국의 걱정거리
였다. 중국은 흉노가 강해지고 약해지는 때를 잘 알아서 이들을 정
벌하려고 했다. 그래서 「흉노 열전」을 지었다.

― 「태사공 자서」

굳이 예의를 따지지 않는다

흉노는 하후씨의 후예로, 순유라고도 불렀다. 그들은 중국 북쪽의 황무지에서 주로 말과 소, 양을 치면서 살았는데, 물과 목초지를 따라 이리저리 옮겨 다녔다. 이렇게 일정한 주거지가 없는 그들은 농사를 짓지도 않았으며, 글이 없어 말로써 서로 약속했다.

어린아이들도 양을 타고 돌아다니며 활을 당겨 새나 쥐 같은 것을 잡고, 조금 더 자라면 여우나 토끼를 사냥해서 먹이를 장만했다. 어른이 되면 활을 자유자재로 다룰 수 있었기 때문에 평소에는 목축에 종사했지만, 싸움이 터지면 모두 군사가 되었다. 그들은 천성에 따라 먼 거리에서는 활과 화살을 썼고, 가까운 거리에서는 칼과 창을 무기로 썼다. 싸움이 유리하면 진격하고 불리하면 물러났는데, 이들은 도망치는 것을 수치로 여기지 않았다.

이들은 무엇이든 이익이 될 만하면 얻으려 했고, 예의 같은 것은 따지지 않았다. 임금을 비롯하여 모든 이가 가축의 고기를 먹었는데, 건장한 사람을 우대하고 노약자는 천대하여, 고기를 나눠 줄 때도 좋은 살코기는 장정들에게 돌아갔고 나머지는 노약자에게 주었다.

아비가 죽으면 후처를 아들이 아내로 맞이하고, 형제가 죽으면 그 아내를 다른 형제가 차지했다. 서로 이름 부르는 것을 꺼리지 않았으며 자(字) 같은 것은 아예 없었다.

이들은 예로부터 중국을 침탈하면서 살아 왔는데, 주나라 양왕 때는 도성까지 쳐들어와 양왕을 쫓아내고 자대(양왕의 계모 혜후가 낳은 아들)를 천자로 세운 뒤 약탈을 일삼기도 했다. 양왕은 나라 밖에서 4년이나 머무르면서 진(晉)나라에 사신을 보내 구원을 요청했다. 그 당시 천하를 손에 넣으려 했던 진 문공은 군대를 일으켜 흉노를 쳐부수고, 자대를 죽인 다음 양왕을 맞아들여 낙읍(중국 뤄양의 서쪽 교외에 있던 고대 도시)에 살게 했다.

이후 진 문공은 흉노를 다시 하서 땅의 은수와 낙수 사이로 쫓아내고, 그들을 적적(赤翟)과 백적(白翟)으로 나누어 불렀다. 이후 진(秦)나라 목공은 이들 중에서 인재를 선발하여 그들을 복종시켰다. 또 그로부터 백여 넌 뒤에는 진(晉)나라 도공이 위강을 사신으로 보내 그들과 화해를 했다.

진(秦)나라가 천하를 통일한 뒤에는 진 시황제가 몽염에게 10만의 군사를 주어 북쪽으로 흉노를 치게 했다. 몽염은 하남 땅을 모두 손에 넣은 뒤, 하수를 이용하여 요새를 만들고 흉노의 침입에 대비할 수 있는 군사 도로를 개통하였다. 또 지형이 험준한 곳을 경계선으로 삼고, 골짜기를 살려 요새로 만들었다. 그리고 보수해야 할 곳에는 성을 쌓았는데, 이것이 임조에서 요동에 이르는 만리장성이다. 이때에는 흉노족들이 감히 남쪽으로 내려올 생각을 하지 못했다.

내줄 것과 지킬 것

진(秦)나라 시대 중국의 북쪽은 동호와 월지가 강성했다. 흉노족들은 임금을 선우라 불렀는데, 당시의 선우는 두만이라는 자였다. 두만 선우는 진나라를 당해 내지 못하고 북쪽으로 이주했다. 그 뒤 10여 년이 지나 진의 장군 몽염이 죽고, 제후들이 진나라를 배반하자 중국의 북쪽 변경을 지키던 진나라의 수비병은 모두 도망치고 말았다. 그러자 흉노는 다시 남쪽으로 내려와 중국과 경계를 마주하게 되었다.

두만 선우에게는 묵돌이라는 태자가 있었다. 그런데 두만이 총애하던 왕비가 아들을 낳자, 두만은 그를 새로 태자로 세우고 싶어 했다. 그래서 묵돌을 월지에 볼모로 보낸 다음 월지를 공격하였다. 월지는 볼모로 잡고 있던 묵돌을 죽이려 했으나 묵돌이 말을 훔쳐 타고 탈출하였다.

두만 선우는 일이 뜻대로 되지는 않았지만 묵돌의 용맹을 높이 사서 그에게 1만 명의 군사를 주어 장군으로 삼았다. 묵돌은 소리

나는 화살인 명적을 만들어 부하들에게 나누어 주고 활쏘기 연습을 시켰다. 그러고는 이렇게 명령했다.

"내가 명적을 쏘면 다 같이 그곳에 대고 화살을 쏘라. 따르지 않는 자는 죽인다."

그리고 사냥을 나간 묵돌은 자신을 따라 화살을 쏘지 않는 자는 모조리 잡아 죽였다. 그런 일이 있은 뒤 어느 날 묵돌이 자신의 애마에 명적을 쏘았다. 이때 차마 쏘지 못하는 자들이 있었는데, 묵돌은 그들을 모두 잡아 죽였다. 얼마 뒤 묵돌은 다시 자신의 아내에게 명적을 쏘았다. 이번에도 감히 쏘지 못하는 자가 있었는데 그들 또한 잡아 죽였다. 또 얼마 뒤 사냥에 나갔다가 이번에는 두만 선우의 말에 대고 명적을 쏘았다. 그러자 부하들은 하나같이 선우의 말에 화살을 쏘았다. 그제야 묵돌은 부하들이 모두 자신의 명령에 따른다고 믿었다. 다음 사냥에서 묵돌은 명적을 아버지 두만 선우에게 쏘았다. 그의 부하들은 모두 두만 선우에게 화살을 쏘아 그를 죽였다. 이어서 묵돌은 같은 방법으로 자신의 계모와 아우, 그리고 자신의 말을 따르지 않는 대신들을 남김없이 죽이고 스스로 선우가 되었다.

묵돌이 자신의 아비를 죽이고 선우가 되었다는 사실을 안 이웃 나라 동호는, 묵돌에게 사신을 보내 두만이 생전에 타고 다녔던 천리마를 얻고 싶다고 청했다. 묵돌이 신하들에게 의견을 묻자,

대부분 천리마를 주어서는 안 된다고 했다. 하지만 두만은 이웃 나라와 친하게 지내려 하면서 그깟 말 한 마리를 아까워해서는 안 된다며 천리마를 내주었다. 얼마 뒤 동호는 다시 사신을 보내 묵돌의 여러 여인들 중 한 명을 요구했다. 역시 신하들은 모두 반대했지만, 묵돌은 이웃 나라와 친하게 지낼 수 있다면 여자 하나쯤은 아낄 것이 없다면서 총애하던 여인을 동호에 보냈다. 더욱 교만해진 동호는 또 사신을 보내 흉노와 동호 사이에 있던 불모지를 달라고 요구해 왔다. 묵돌이 신하들에게 의견을 묻자, 몇몇 신하가 어차피 쓸모없는 땅이므로 동호에 주는 것이 좋겠다고 말했다. 이에 묵돌은 크게 화를 내며 이렇게 말했다.

"땅은 나라의 근본이다. 어떻게 다른 나라에 줄 수 있단 말이냐?"

그러고는 땅을 주어도 좋다고 말한 자들을 모두 죽이고, 말에 올라 전 지역에 명령을 내려 동호를 공격하게 했다. 동호는 처음부터 흉노를 업신여겨 방비를 하지 않고 있다가 묵돌의 기습을 받아 왕은 죽음을 당하고 백성들은 대부분 사로잡혔다.

동호를 멸망시킨 뒤 묵돌은 돌아오는 길에 월지를 쳐서 함락시키고, 다시 남쪽으로 하남의 누번왕과 백양왕을 쳤다. 이렇게 해서 묵돌은 일찍이 진나라에 빼앗겼던 흉노의 땅을 완전히 되찾고 한나라와 대치했는데, 활에 능숙한 군사들만 30만 명에 이를 정도로 강대한 세력을 이루었다.

한나라는 항우와 싸우고 있었기 때문에 묵돌은 그 틈을 타 손쉽게 흉노와 세력을 합칠 수 있었다. 이렇게 세력이 강해진 묵돌은 한나라가 천하를 차지한 뒤에도 자주 중국을 침략하여 한나라를 위협했다.

· 사 기 를　묻 다 ·

다른 문화를 바라보는 자세

성은 : 흉노족이 생활하는 모습을 보면, 아주 자유롭게 살아가는 사람들이라는 생각이 들다가도 너무 야만적이라는 생각이 들어요.

성우 : 특히 아버지가 죽으면 후처를 아들이 아내로 맞이한다든지, 형제가 죽으면 그 아내를 다른 형제가 차지한다는 것은 정말 이해할 수 없는 풍습인 것 같아요.

아빠 : 특이한 문화를 가진 민족을 평가할 때는 우선 그들의

입장에서 생각해 볼 필요가 있어. 흉노족은 곡식이 자라지 않는 북방 초원 지역에 살았기 때문에 생존하기가 훨씬 어려웠을 거야. 이런 상황에서 남편이 없는 여자들을 거두어 사는 행위가 반드시 야만적이라고 볼 수만은 없어. 오히려 어려운 처지에 빠진 여자들을 배려한 것일 수도 있거든.

성은 : 아무리 그렇다고 해도 건장한 사람은 우대하고, 노약자는 천대하는 풍습은 문제가 있지 않나요? 그런 식으로 약자를 무시하면, 전체의 단합이나 결속이 약해져 결국은 다들 살기가 더 어려워질 것 같아요.

아빠 : 흉노족에게 그런 풍습이 정착된 것은 늘 이동하면서 다른 종족과 자주 전쟁을 하게 되는 특수한 상황 때문일 거야. 당장의 안전과 생존을 위해 어쩔 수 없이 선택한 것이었다고 볼 수 있거든. 하지만 약자를 배려하지 않는 극단적인 문화를 비판하는 것은 필요해. 물론 우리 문화를 볼 때도 같은 기준을 적용해야겠지만.

성우 : 묵돌이 아버지를 죽이고 스스로 선우가 되는 이야기는 아무리 좋게 보려 해도 이해할 수 없어요. 권력을 쥐기 위해

자신이 아끼던 말을 죽이고, 사랑하는 사람도 죽이고, 끝내 자신의 아버지마저 죽이다니 정말 끔찍하잖아요.

아빠 : 묵돌 선우의 행위는 극단적인 경우라 할 수 있지. 하지만 권력을 차지하기 위해 친족이나 형제를 죽이는 일은 다른 문화권에서도 자주 일어나기 때문에 흉노족만의 풍습이나 습성으로 봐서는 안 돼. 오히려 권력의 속성에서 비롯된 무자비함을 비판해야지. 흉노족이라서 그렇다고 생각하는 것은 편견이기도 해.

성은 : 사마천은 정말 대단해요. 흉노족의 풍습을 그르다 비판하지 않고 그들의 일상과 역사를 있는 그대로 담담히 기록하고 있잖아요.

아빠 : 사마천은 그렇게 함으로써 흉노족을 이길 수 있다고 생각했어. 그들의 문화를 적대시하거나 비난하지 않고 기록한 점이야말로 그가 위대한 역사가라는 것을 말해 준단다.

음악과 시로 세상을 감동시키다

「사마상여 열전」

사마상여가 지은 「자허부」와 「상림부」는 표현이 지나치게 화려하고 과장이 많다. 하지만 군주의 잘못을 에둘러 지적하는 풍간(諷諫)을 통해서 군주를 근검하게 하고자 하였고, 자연에 따르는 태도인 무위(無爲)의 삶을 근본으로 삼아 욕심이 없었다. 그래서 「사마상여 열전」을 지었다.

– 「태사공 자서」

사람의 마음을 얻는 법

사마상여는 촉나라 성도 사람으로, 어렸을 때부터 책 읽는 것과 칼 다루기를 좋아했다. 커서는 전국 시대 조나라의 재상이었던 인상여(藺相如)의 인품을 흠모하여 이름을 상여로 고쳤다. 그는 일찍부터 시와 노래를 잘 지어 이름이 났다. 한나라 경제 때 벼슬에 나아갔지만, 경제는 노래 따위를 좋아하지 않았기 때문에 두각을 나타내지는 못했다.

그 당시 양나라 효왕이 노래를 좋아했는데, 사마상여는 그가 조정에 들어갈 때 함께 온 문장가들과 교류했다. 그들과 뜻이 맞은 사마상여는 그들을 따라 양나라로 갔다. 그 뒤 사마상여는 양나라의 여러 문장가들과 몇 년을 교류한 뒤, 유명한 「자허부」를 지었다. 하지만 효왕이 죽었기 때문에 인정받지 못하고 다시 고향으로 돌아왔다.

그때 사마상여가 머물렀던 임공현의 현령은 왕길이었는데, 두 사람은 본디 친한 사이였다. 둘은 사마상여의 명성을 높일 방법을 생각했다. 우선 왕길은 매일 아침 사마상여에게 문안 인사를 하며 짐짓 공경하는 모습을 보였다. 당시 임공현에는 부자들이 많았는

데, 그중 탁왕손과 정정은 데리고 있는 하인이 수백 명에 이를 정
도였다. 어느 날 탁왕손이 정정을 만나 이렇게 말했다.

"듣자 하니 현령에게 귀한 손님이 와 머물고 있다 합니다. 그러
니 우리 집에서 연회를 열어 그분과 현령을 초대하려고 합니다."

그리하여 두 사람이 연회 날짜를 정해, 현령 왕길과 사마상여를
초대했다. 왕길이 탁왕손의 집에 이르자, 이미 수백 명의 손님이
모여 있었다. 하지만 사마상여는 병을 핑계로 사양하고 오지 않았
다. 사마상여가 나타나지 않자, 현령은 차린 음식에 손도 대지 않
고 직접 사마상여를 모시러 갔다.

사마상여는 그제야 못 이기는 체하면서 연회에 참석했다. 그런
데 자리에 앉자마자 그는 풍채와 언변으로 대번에 사람들을 사로
잡았다. 분위기가 무르익자, 왕길이 거문고를 가져와 사마상여에
게 연주를 부탁했다. 사마상여는 여러 차례 사양하다가 마지못한
듯 한두 곡을 탔다.

당시 탁왕손의 집에는 남편과 사별한 지 얼마 안 되는 탁문군이
라는 딸이 와 있었다. 사실 왕길과 사마상여의 행동은 모두 절세
의 미녀로 소문이 난 그녀의 마음을 얻으려는 계책이었다. 그녀는
몰래 사마상여가 거문고를 연주하는 모습을 엿보고는 한눈에 반
했다. 이제 탁문군은 사마상여가 자신을 눈여겨보지 않았으면 어
떡하나 하는 마음으로 안절부절못했다. 연회가 끝난 뒤, 사마상여

는 사람을 보내 탁문군에게 연모의 정을 전달했다. 탁문군은 바로 그에 응해 그날 밤 사마상여와 함께 도망쳤다.

글로 황제의 마음을 사로잡다

사마상여는 탁문군을 얻는 데 성공했지만, 가진 게 아무것도 없었다. 자신의 허락 없이 야반도주한 딸을 괘씸하게 여긴 탁왕손이 전혀 도와주지 않았기 때문에 둘은 어렵게 살 수밖에 없었다.

그 사이 한나라 경제가 죽고 무제가 황제의 자리에 올랐다. 그때 촉나라 사람 양득의가 황제의 측근이 되었는데, 어느 날 황제가 「자허부」를 읽고 나서 "이 글을 지은 이와 같은 시대에 살지 못한 것이 한스럽다."라고 탄식하는 말을 들었다. 이에 그 글은 자신의 고향 사람 사마상여가 지었다고 아뢰자, 황제는 바로 사마상여를 불렀다.

황제를 만난 사마상여는 본디 「자허부」는 제후의 일을 이야기한 것으로, 천자가 보기에는 부족하므로 「천자 유렵부」를 다시 써서 올리겠다고 아뢰었다. 이후 사마상여가 지어 올린 글은 그 규모가 방대하고 꾸밈이 화려하면서도 절약과 검소함을 숭상하는 내용이었다.

「천자 유렵부」는 전반부에 「자허부」를 그대로 싣고, 후반부에는

「상림부」를 붙여 천자의 사냥을 노래하였다. 「자허부」는 이런 사
람〔子〕 없다〔虛〕는 뜻인 자허(子虛)와 이런 일이 어찌〔烏〕 있겠는가
〔有〕라는 뜻인 오유 선생(烏有先生), 그리고 옳은 이〔是〕가 없다〔無〕
는 뜻인 무시공(無是公)이 등장한다. 이 세 사람은 모두 가공의 인
물로, 이들의 대화를 통해 천하의 넓고 풍부함을 무려 3,500여 자
에 이르는 화려한 문체로 표현하고 있는데 대략의 내용은 이렇다.

초나라의 자허가 제나라에 사신으로 가자, 제나라 왕은 성대한 사냥
을 베풀어 그를 맞이했다. 사냥이 끝나고, 자허는 오유 선생과 무시
공을 만나 초나라 영토의 광대함과 생산되는 물산의 풍부함을 이렇
게 자랑했다.

초나라의 사냥터 일곱 개 중에 운몽은 가장 규모가 작은데, 둘레가
사방 9백 리이고 그 가운데 높은 산이 있어 해와 달을 가리며, 산이
다하는 곳에는 강이 있는데 그 사이에 붉은 모래·푸른 흙·백악·
자황·백부·석영·주석·벽옥·금·은 따위의 가루가 마치 용 비늘
처럼 빛나고 적옥·매괴·임·민·곤오·감륵·현려·연석·무부 따
위의 보석이 널려 있으며, 동쪽에 있는 풀밭에는 두형·난·지·두
약·야간·궁궁이·창포·강리·미무·감자·박저 따위의 향초가 자
라고 있으며, 남쪽에 있는 드넓은 들과 계곡에는 꽈리·사·포·여·
설·사·청번 따위의 풀이 무성하게 자라고 있으며……

자허는 초나라의 산물을 끝없이 늘어놓음으로써, 결국 초나라에 비하면 제나라는 아무것도 아니라고 깎아내린 것이다.

그러자 오유 선생은 자허가 초왕의 사치를 말함으로써, 결국 자신이 모시는 임금의 부덕함을 드러냈을 뿐만 아니라 제왕을 속여 자신을 스스로 불신에 빠뜨렸다고 나무랐다. 그 뒤 자허보다 훨씬 긴 이야기로 제나라의 광대함과 물산의 풍부함을 이야기하면서 이야말로 초나라가 상대할 수 없다고 반박했다.

두 사람의 이 같은 말싸움을 지켜보던 무시공이 천자의 상림원에서 벌어지는 사냥의 성대함은 두 나라가 비교조차 할 수 없다고 입을 뗐다. 그러면서 훨씬 더 긴 이야기로, 두 사람의 기세를 꺾고 마침내 천자가 천하의 백성을 위해 근검과 순박함을 숭상한다는 말로 마무리하여 두 사람의 승복을 얻어 냈다.

이 글을 황제에게 바치자, 황제는 크게 기뻐하며 사마상여를 낭이라는 벼슬에 임명했다. 이후 사마상여는 파촉 지역의 태수에게 보내는 문서를 작성하는 등 중요한 일이 있을 때마다 황제를 위해 글을 지었다.

이후 촉나라 근처에 있던 공(邛)나라와 작(筰)나라가 한나라와 교류하고 싶다며 관리를 보내 달라고 요청했다. 황제가 이에 대해 사마상여에게 의견을 묻자, 두 나라와 교통하는 것이 한나라에 이롭다고 사마상여가 답하였다. 이에 황제는 사마상여를 중랑장이라는 무관으로 삼아 촉나라를 거쳐 두 나라에 가게 하였다.

사마상여가 고향인 촉나라에 도착하자, 태수가 직접 성 밖까지 영접을 나오고 현령이 앞에서 인도하였다. 그가 일찍이 머물렀던 임공현의 부자들은 사마상여에게 술과 소를 바치며 환심을 사려 했다. 특히 탁왕손은 진작 자신의 딸을 사마상여에게 시집보내지 못한 것을 후회하고, 딸에게 많은 재산을 나눠 주었다.

사마상여는 얼마 안 되어 공나라와 작나라를 모두 평정하고 돌아와 황제의 신임을 더욱 두터이 얻었다. 이후 사마상여는 기회가 있을 때마다 글을 지어, 때로는 황제의 공덕을 칭송하고 때로는 황제가 사치에 빠지지 않도록 에둘러 간언하는 글을 지었다. 이 글들은 모두 다시없는 명문으로 세상에 전해졌다.

· 사 기 를 묻 다 ·

예술의 힘, 사랑의 힘

성은 : 사마상여가 거문고를 얼마나 잘 탔기에 탁문군이 한눈에 반해 버린 걸까요? 그리고 그가 쓴 글이 얼마나 훌륭하기

에 황제는 그와 같은 시대에 살지 못한 걸 한탄했을까요?

성우 : 사마상여가 글과 음악을 동시에 잘했다니, 정말 놀랍기도 하고 샘이 나기도 해요. 음악이든 글이든, 예술에는 사람의 마음을 단번에 사로잡는 힘이 있다는 걸 저도 경험으로 알아요. 내가 다섯 살 때인가, 아빠가 무소르그스키의 음악을 들려줬을 때 나도 모르게 눈물이 주르르 흘러내렸잖아요. 아주 어릴 때 일이지만 아직도 그 느낌이 생생한 걸요. 슬플 때만 눈물이 나오는 게 아니란 걸 그때 알았어요.

아빠 : 확실히 예술은 시대와 신분을 넘어 무언가를 느끼게 해주는 힘이 있지. 그래서 때로는 적까지도 감동시키지. 로만 폴란스키 감독이 만든 영화 〈피아니스트〉에서 유대인 피아니스트가 나치 독일군 장교를 감동시키는 것처럼 말이야.

성은 : 저는 예술의 힘보다 사랑의 힘이 더 놀라워요. 사랑을 얻기 위해 별별 계략을 다 짜고, 한눈에 반해 가족도 버린 채 도망을 가……. 어렵게 살 줄 알면서도 그런 선택을 하다니, 사랑의 힘은 정말 대단해요. 나도 그런 사랑을 할 수 있을까요?

아빠 : 어찌 보면 그렇게 숭고한 예술도 사랑을 이루기 위해 만든 것이라고 할 수 있겠구나. 결국 사랑이 이루어지는 걸 보면, 사랑과 예술은 서로를 완성시키는 위대한 관계인 거지.

성우 : 그동안 『사기』를 읽으면서 인간이란 존재에 대해 회의가 들기도 했어요. 만날 권력을 차지하겠다며 싸우고 속이고 배신하니까 인간이 동물과 다를 게 뭐가 있나 하는 생각이 들었거든요. 그런데 「사마상여 열전」을 읽으니 왠지 마음이 놓이는걸요. 역시 인간은 위대하달까!

아빠 : 그렇지. 인간이 다른 존재보다 나은 점이 있다면 바로 예술이 있기 때문이 아닐까. 사마천은 바로 그런 점을 통해서 인간의 위대함을 이야기하고 싶었는지 몰라.

법령을 밝혀 악을 뿌리 뽑다

「혹리열전」

근본을 저버리고 거짓을 저지르며 규칙을 어기고 법을 희롱하는 백성이 많아지자 가혹한 형벌로 이들을 다스리는 관리들이 나타났으니 이들을 '혹리'라 한다. 혹리들 중에서 청렴한 사람은 모범을 삼을 만하고, 간악한 자들은 교훈이 되기에 충분하다. 그래서 「혹리열전」을 지었다.

－「태사공 자서」

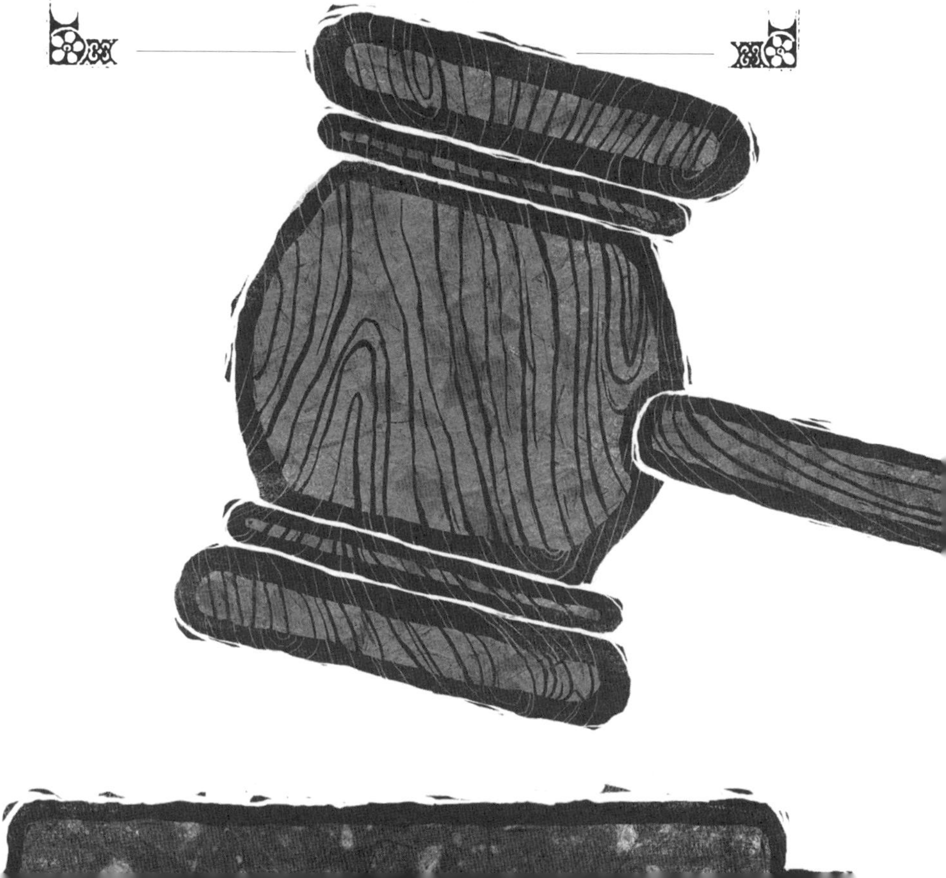

세력가는 엄격하게, 가난한 이는 너그럽게

공자는 "백성을 명령으로 인도하고 형벌로 가지런히 하면, 도망칠 생각만 하고 부끄러움을 모르게 된다. 백성을 도덕으로 인도하고 예절로 가지런히 하면, 부끄러움을 알게 되어 스스로 올바르게 된다."라고 했다. 노자는 "법령이 밝아지면 도둑이 더 많아진다."라고 했는데, 참으로 옳은 말이다.

진나라만 하더라도 그토록 치밀한 법률로 백성을 옭아맸지만, 결국 백성이 법망을 교묘하게 뚫어서 망하지 않았던가. 당시의 관리들은 불을 꺼서 물이 끓지 않게 할 줄 모르고, 불은 그대로 둔 채 물이 끓지 않게 하려고 했으니 일이 이루어질 수가 없었다.

한나라가 일어선 뒤에는 법령과 형벌을 크게 줄여, 배를 삼킬 만한 커다란 고기도 빠져나갈 수 있을 정도로 법망이 허술했다. 그런데도 백성이 법을 잘 따라 천하가 편안했다. 이를 보더라도 나라를 다스리는 핵심은 가혹한 법령에 달려 있는 것이 아니라, 도덕에 있음을 알 수 있다.

장탕은 두릉 사람이다. 어린 시절 쥐가 고기를 물고 간 일이 일어나 아버지에게 꾸중을 듣자, 쥐구멍을 샅샅이 뒤진 끝에 쥐를 붙잡았다. 이어 영장을 만들어 쥐를 구속시킨 다음, 매를 때려 심문하여 진술서를 쓰고 쥐의 죄상을 밝힌 뒤, 고기를 압수하고 쥐를 죽였다. 장안승의 보좌관으로 있던 그의 아버지가 그 모습을 보고는 짐짓 놀랐다. 이어 아들이 쓴 글을 읽어 보았더니 형벌을 담당한 벼슬아치인 옥리들이 죄인을 처벌할 때 쓰는 문서와 같았다. 이때부터 장탕은 아버지 밑에서 판결문 쓰는 법을 배우게 되었다.

나중에 장탕은 능력을 인정받아 황제를 모시게 되었는데, 진 황후가 위 황후를 저주한 사건을 치밀하게 조사하여 일당들을 끝까지 찾아내 처벌하는 공을 세웠다. 그 뒤 그는 나라의 법령을 만드는 위치에까지 올랐는데, 법률을 무겁고 까다롭게 개정하였다. 이는 관리들을 엄격하게 단속하여 죄를 짓지 못하게 하기 위해서였다.

그는 황제가 옳다고 생각하는 것을 미리 파악하여, 이를 판결문에 기록하게 함으로써 황제의 현명함이 드러나게 하였다. 간혹 일이 잘못되어 문책을 당하면, 자신이 부하들의 올바른 의견을 받아들이지 않았기 때문이라며 스스로 책임을 졌다. 이에 비해 일이 잘되어 황제가 칭찬하면, 자신의 판단이 아니라 부하들의 의견을 채택했기 때문이라고 공을 돌렸다.

조사받는 대상이 세력가일 경우에는 법을 엄격하게 적용하여 반드시 처벌하였다. 그러나 가난하고 힘없는 사람일 경우에는 "법조문으로는 죄가 되지만, 황제 폐하의 보살핌으로 용서하실 만하다.”라는 뜻의 보고서를 올려 어진 판결을 이루었다.

장탕은 법조문을 까다롭게 따지고, 고관들을 용서하지 않았기 때문에 공정하다고 할 수는 없었다. 하지만 황제의 신임을 얻어 마침내 최고위직인 어사대부의 자리에 올랐다.

나중에 그는 모함을 받아 자살했는데, 죽고 난 뒤 재산을 조사해 보니 불과 500금밖에 되지 않았다. 그것도 모두 황제가 내린 것일 뿐 그 밖의 재산은 전혀 없었다.

간악한 자를 엄하게 처벌하다

의종은 하동 사람이다. 어렸을 때는 도둑 패에 끼어 이리저리 돌아다니기도 했는데, 누이였던 의후가 왕태후의 총애를 받고 있었기 때문에 벼슬을 얻었다. 의종은 현의 세금을 징수하는 일을 맡았는데, 제때 납부하지 않는 이들을 엄하게 처벌하여 일체의 동정을 베풀지 않았다. 그로 인해 그가 담당한 현에는 세금을 미납한 사람이 없게 되어, 능력을 인정받아 현령으로 승진하였다.

현령이 된 의종은 모든 일을 법대로 처리할 뿐 신분이 높다 해서 특혜를 주거나 하는 일이 없었다. 급기야 태후의 외손자였던 수성군의 아들 ‘중’을 잡아다가 취조하여 죄를 물었는데, 그 일로 황제의 신임을 받아 하내군의 책임자로 승진하였다. 하내군에 부임하자마자 의종은 그 지역에서 가장 강한 세력을 지니고 있던 양씨에게 죄를 물어 일족을 모조리 붙잡아 죽였다. 그 뒤 하내 사람들은 길에 물건이 떨어져 있어도 줍는 사람이 없을 정도로 질서가 잘 유지되었다.

이후 의종은 하내군에서 남양군 태수로 옮겨 갔는데, 당시 황제의 신임을 받고 있던 영성이라는 자가 그곳에 머물고 있었다. 의종은 남양군에 이르자 곧장 영성의 비리를 파헤쳐 영씨 일족을 처벌하였다. 이렇게 되자 남양군의 호족이었던 공씨와 포씨는 아예 집안사람들을 데리고 다른 곳으로 도망쳐 버렸다.

그 무렵 정양군 일대에는 흉노가 자주 나타나 관리와 백성이 크게 두려워했다. 이런 혼란한 가운데 관리의 기강도 많이 무너져 있었다. 황제는 이를 알고 의종을 정양군 태수로 보냈다. 이번에도 부임하자마자 의종은 곧바로 가혹하게 법을 집행했다. 그는 감옥에 갇혀 있는 범죄자 200여 명, 그리고 비밀리에 감옥에 드나들며 그들을 면회하던 형제나 친척 200여 명을 모두 잡아들이라고 명령했다. 그러고는 이들을 엄하게 심문한 뒤, 모두 범인을 탈옥시키려 했던 자들로 몰아 400여 명을 한꺼번에 죽여 버렸다. 그 뒤로 정양군의 백성은 춥지도 않은데 모두 벌벌 떨었다.

그 당시 장탕 또한 법률을 엄격하게 적용하는 가혹한 통치로 높은 벼슬에 올랐는데, 장탕의 경우는 어디까지나 법률에 따라 다스렸기 때문에 그래도 원칙을 중시하고 너그러운 면이 있었다. 하지만 의종은 마치 매가 작은 새를 덮치는 것처럼 백성을 무섭고 사납게만 다스렸다. 특히 질서를 유지한다는 명분 아래 많은 사람들을 죽였지만, 일시적으로 치안을 안정시켰을 뿐이었다. 갈수록 간악한 무리가 많아져서 아무리 잡아 죽여도 소용이 없게 되었다.

이 무렵 황제가 하남으로 거동했다가 오랫동안 병상에 누운 일이 있었다. 마침내 병이 나은 황제가 다시 궁궐로 돌아가게 되었다. 그때 의종이 태수로 있는 지역을 지나게 되었는데, 길이 제대로 닦여 있지 않아 크게 화를 내며 말했다.

"의종은 짐이 죽어서 다시는 이 길을 지나가는 일이 없을 것이라고 생각한 것이 아니냐?"

이 일로 황제는 의종을 괘씸하게 여겼는데, 그해 겨울 고민령이란 곳의 관리에 대한 고발이 들어왔다. 이때 의종이 미리 나서서 이 일에 관련된 자들을 잡아들이자, 오히려 황제는 어명을 어기고 나랏일을 방해했다는 죄목으로 그를 처형하고 말았다.

공정한 법 집행이란

성은 : 공자의 말처럼 형벌로 다스리지 않고 도덕으로 다스리는 게 참 좋아 보이지만, 법이 없으면 사회의 질서가 금방 무너지지 않을까요? 그리고 법 때문에 도둑이 많아진다고 말한 노자는 도둑을 처벌하기 위해서 법을 만들었다는 점을 애써 외면하는 것 같아서 무책임하다는 생각도 들어요.

아빠 : 음, 공자나 노자의 말은 형벌이나 법이 필요 없다거나 법 자체가 악의 근원이라고 말하는 것이 아니라, 통치자가 법에만 의존해서 나라를 다스려서는 안 된다는 뜻이야. 특히 노자의 말은 도둑을 처벌하는 법만 만들면 도둑이 없어질 거라는 안이한 생각을 비판하고 있어. 모름지기 법을 집행하는 사람은 그런 문제가 없는지 잘 살펴야 한다는 뜻이지.

성우 : 그런데 아빠, 저도 학교에서 가끔은 친구들이 너무 심하게 장난을 쳐서 힘든 경우가 있어요. 그럴 때는 장탕이나 의종처럼 무서운 선생님이 나서서 아이들을 강하게 통제했으면

좋겠다는 생각이 들기도 해요.

아빠 : 글쎄, 타율에 의해 강제로 만들어진 질서가 얼마나 오래 갈까? 「혹리 열전」에도 의종이 질서를 유지한다는 명분 아래 많은 사람들을 죽였지. 하지만 일시적으로 치안을 안정시켰을 뿐 아무리 잡아 죽여도 소용이 없게 되었다고 이야기하고 있지 않니? 가혹한 법률은 다만 백성을 두렵게 할 뿐이지 진심으로 승복하게 하지는 못해.

성은 : 장탕의 경우는 세력가에게는 법을 엄격하게 적용하고, 가난한 사람의 경우는 너그럽게 대했다죠? 어떻게 보면 참 잘한 것 같기도 하고, 달리 보면 법을 공정하게 집행한 게 아니라는 생각도 들어요. 법이라면 누구에게나 똑같이 적용되어야 하는 것 아닌가요. 이건 오히려 역차별 아닐까요? 법은 공정해야 하고 법 앞에서는 누구나 평등하다고 하잖아요.

아빠 : 법을 어떻게 집행하는 것이 공정한 태도인지 밝히는 일은 참으로 어려운 문제야. 일단 힘이 센 자나 약한 자나 똑같이 대하는 것이 겉으로 보기에는 공정한 태도라고 생각하기 쉬워. 하지만 그렇게 하면 결국 힘센 자의 편을 들어주는 결과

를 가져올 수 있어. 오히려 약자의 편을 들어주고, 강자에게
더 많은 것을 요구하는 것이 공정한 태도일 수 있지.

성우 : 맞아요. 저도 유전무죄 무전유죄(有錢無罪 無錢有罪)라는
말을 들어 본 적이 있어요. 이 말처럼 돈이 많으면 죄를 저지
르고도 처벌을 피할 수 있고, 돈이 없으면 처벌 받아야 하는
사회라면 누가 자신의 죄를 인정하고 법을 지키려 하겠어요?

아빠 : 그렇지. 그런데 법이 공정하게 집행되지 않는 것도 문제
지만 그걸 핑계로 법을 어기는 것도 정당화될 수 없어. 법이
공정해야 한다고 이야기하는 사람이 먼저 법을 지키려고 애
쓸 때 사람들이 그 말에 고개를 끄덕일 거야.

세상을 즐겁게 한 이야기꾼들의 이야기
「골계 열전」

재치가 있어 말을 유창하게 하는 것을 '골계'라고 한다. 골계가 뛰어난 이는 세속에 휩쓸리지 않고 권세나 이익을 다투지 않았으며, 윗사람이건 아랫사람이건 거침없이 말했다. 하지만 사람들이 그를 해치지 않았으니 도리를 따라 행동했기 때문이다. 그래서 「골계 열전」을 지었다.

— 「태사공 사서」

말[馬]을 장사 지내는 마땅한 방법

우맹은 본래 초나라의 음악 연주자였는데 키가 8척이었고 말재주가 좋아 늘 웃으면서 사람들의 잘못을 풍자했다. 초나라 장왕이 아끼는 말[馬]이 있었는데, 아름답게 수놓은 비단옷을 입혔고, 화려하게 꾸민 마구간에서 길렀으며, 잘 때는 말 전용 침대를 마련해 주었다. 먹이로는 대추와 고기만 주었는데, 결국 살이 너무 쪄 죽고 말았다. 장왕은 크게 슬퍼하며, 대부의 장례를 치르는 것처럼 신하들에게 상복을 입게 하고 후하게 장사를 지내게 했다. 신하들이 옳지 않다고 말리자, 장왕은 크게 화를 내며 이렇게 말했다.

"과인이 아끼는 말에 대해 다시 왈가왈부하는 자가 있으면 극형으로 다스리겠다."

이렇게 해서 아무도 왕의 잘못을 이야기하지 않게 되었는데, 우맹은 그 소식을 듣고 장왕을 만나러 갔다. 그는 궁궐 문을 들어서자마자 장왕을 보고 큰 소리로 울었다. 장왕이 놀라 까닭을 묻자 그는 이렇게 대답했다.

"듣자 하니 대왕께서 아끼시던 말이 죽었는데, 대부의 예로 장례를 치른다고 합니다. 신의 생각에 초나라처럼 큰 나라가 대부의 예로 장례를 치르는 것은 너무 야박한 처사입니다. 마땅히 임금의 예로 장례를 치러야 한다고 생각합니다."

"그렇다면 어떻게 장사 지내야 하겠는가?"

"아로새긴 보석으로 속 널을 치장하고, 아름다운 목재로 바깥 널을 짠 다음, 단풍나무와 편백나무로 장식하게 하십시오. 그리고 갑옷을 갖추어 입은 군졸들을 출동시켜 무덤을 깊이 파고, 노약자들은 흙을 운반하게 하소서. 제나라와 조나라의 사신들을 맞이하여 널 앞쪽에 줄지어 서게 하고, 한나라와 위나라 사신들로 하여금 뒤쪽에서 호위하게 하십시오. 사당을 지어 소·양·돼지를 잡아 제사를 지내고 훗날 1만 호의 고을이 제사 비용을 마련하게 하십시오. 제후들이 이 이야기를 들으면, 모두 대왕께서 사람을 천시하고 말〔馬〕을 중시한다는 사실을 알게 될 것입니다."

이 말은 들은 장왕은 그제서야 크게 당황하며 말했다.

"과인의 과실이 이토록 크단 말인가? 이 일을 어쩌면 좋단 말인가?"

그러자 우맹은 태연히 이렇게 말했다.

"대왕을 위해 여섯 가축의 하나로 장사 지냈으면 합니다. 아궁이를 바깥 널로 삼고, 가마솥을 속 널로 하십시오. 고기를 잘게 썰어 생강과 대추를 섞은 다음, 목란나무로 불을 때고 쌀밥으로 제사 지낸 뒤, 불꽃으로 옷을 입혀 사람의 배 속에 장사 지내는 것이 좋겠습니다."

장왕은 웃으면서 궁궐의 요리사를 불러, 우맹이 하라는 대로 말을 처분하도록 지시했다.

세상을 피해 조정에 숨은 말재주꾼

한나라 무제 때 동방삭이라는 자는 경전과 사서를 두루 읽고 풍부한 학식과 견문을 쌓았다. 그 뒤 그는 장안에 들어와 황제에게 글을 올렸는데, 글의 양이 워낙 많아 죽간 3천 개에 달했다. 두 달이 걸려서 그 글을 다 읽은 황제는 동방삭을 관청의 문서 담당관인 낭관으로 임명하여 곁에 두었다.

그 말재주를 기뻐한 황제는 동방삭에게 자주 상을 내렸는데, 그 때마다 그는 상으로 받은 재물을 장안의 여인들과 먹고 마시는 데 탕진해 버렸다. 그래서 황제의 좌우에 있는 사람들은 모두 그를 미치광이로 취급했다.

한번은 동방삭이 궁궐을 거닐고 있는데, 또 다른 낭관이 그에게 이렇게 말했다.

"사람들은 모두 당신을 미치광이로 여기고 있소이다."

동방삭은 이렇게 대답했다.

"나는 세상을 피해 조정에 숨어 있는 거요. 옛사람들은 세상을 피해서 깊은 산으로 숨었지만, 조정이야말로 숨기에 가장 좋은 곳이지요."

또 한번은 그가 시랑이었을 때, 궁중에서 박사와 여러 선생이 모여 논의하는 모임이 있었는데, 그들이 동방삭을 보고 이렇게 비난했다.

"옛날 소진과 장의는 한번 제후를 만나 높은 벼슬을 얻어 그 혜택이 후세에까지 미쳤소. 그런데 지금 당신은 돌아가신 선왕의 법도를 닦고 위대한 성인의 가르침을 추구하며, 시서와 백가의 말을 수없이 익혀 스스로 세상에 견줄 이가 없다고 큰소리 쳤잖소. 하지만 십 년이 넘도록 훌륭한 황제를 모셨으면서도 지위는 시랑에 지나지 않으니, 소진이나 장의에 한참 못 미치니 대관절 어찌된 일이오?"

"그건 당신들이 잘 몰라서 하는 소리요. 그때는 그때고 지금은 지금인데, 어찌 같이 말할 수 있겠소? 소진과 장의가 활약했던 때는 천하가 어지러워 12개의 나라가 승부를 겨루던 시기였소. 그 때문에 임금에게 제 주장을 펼치는 유세꾼들이 후하게 대접받아 높은 지위를 얻어 자손이 번영했던 것이오. 그런데 지금은 그런 시대가 아니오. 위로는 어진 황제가 있어서 덕이 천하에 입혀져 제후들이 복종하고, 황제의 위엄이 사방 오랑캐에까지 미치고 있소. 온 천하가 고르게 다스려져 한 집안처럼 편안하니 뛰어난 인재가 워낙 많아졌소. 그래서 온 힘으로 올바른 도리를 실천해도 먹고살기가 힘들고, 간혹 살 집조차 얻지 못하는 수가 있소. 가령 소진과 장의가 지금 시대에 태어났다면, 한갓 말단 관리가 되기도 어려울 테니 어찌 시랑 같은 지위를 바랄 수 있겠소?

옛말에 '천하에 재난이 없으면 성인이 있어도 그 재능을 펼칠 곳이 없고, 상하가 화합하면 훌륭한 인물이 있어도 공을 세울 수 없다.'라고 했는데 지금이 바로 그런 때요. 하지만 자신을 수양하는 일을 그만둘 수는 없소. 자신을 수양하는 사람은 어느 시대건 출세를 걱정할 필요가 없기 때문이오. 옛날 태공망은 오직 인의(仁義)를 실천하다가 72세에 문왕을 만나 비로소 자신의 뜻을 펼쳐 자손이 7백 년 동안 끊이지 않았소. 이야말로 선비가 밤낮으로 도리를 닦아 그만두지 않는 까닭이 아니겠소? 그렇지 않은 사람들은 비록 재능이 옛날의 범려(춘추 시대 월나라의 명제상. 월나라 왕 구천을 도와 오나라를 멸망시켜 월나라를 부강하게 하였음)와 같고 충성심이 오자서(춘추 시대 오나라의 정치가. 본래 초나라 사람이었지만, 아버지가 살해당하자 오나라로 도망가서 복수하였으며 오나라 왕 합려를 도와 그를 패자로 만들었음)와 같다 하더라도 천하가 평화롭기 때문에 마땅한 도리를 실천할 뿐, 그 재능을 펼칠 곳이 없소. 그러면 따르는 사람이 적은 것은 당연한데, 그대들은 왜 나만 갖고 의심을 하는 거요?"

동방삭이 이렇게 말하자 여러 선생들은 아무 대꾸 없이 침묵할 뿐이었다.

나중에 동박삭이 죽을 때가 되어서 황제에게 이렇게 간했다.

"『시경』에 이르길 '윙윙거리는 파리 떼 울타리에 앉는구나. 즐거운 군자여 헐뜯는 말을 듣지 마라. 헐뜯는 말은 끝이 없으니 온 나라를 어지럽힌다.'라고 했습니다. 원컨대 폐하께서는 말만 잘하는 자들을 멀리 하시고 헐뜯는 말을 물리쳐 주십시오."

이 말은 들은 황제는 "요즘 동방삭이 착한 말을 많이 한다."라고 하면서 이상하게 여겼는데, 얼마 안 되어 그가 병에 걸려 죽었다.

『논어』에 이르길 "새가 죽을 때는 그 울음소리가 슬프고, 사람이 죽을 때는 그 말이 착하다."라고 했는데 바로 이런 경우를 두고 한 말인 듯싶다.

· 사 기 를 묻 다 ·

말은 잘하는 것보다 잘 가려야 한다

성은 : 초나라 왕이 아끼던 말이 너무 살쪄서 죽었다는 대목에서 나도 모르게 웃음이 터져 나왔어요. 게다가 그렇게 죽은 말을 대부의 예로 장사 지내려고 했다니…… 우맹은 한 술 더

떠 임금의 예로 장례를 치러야 한다고 해서 더 우스웠어요. 우
맹은 뼈 있는 이야기를 참 재미있게 해요. 그렇게 해서 초나라
장왕의 잘못을 지적했으니, 말은 어떻게 하느냐가 중요하다
싶어요.

아빠 : 그렇지? 아마 다른 신하들이 장왕을 설득하려고 했다면
목숨을 걸어야 했을 거야. 그런데 우맹은 장왕이 기분 나쁘지
않게 스스로 잘못을 깨닫도록 유도했어. 아마 장왕도 우맹의
재치에 웃음이 터졌을 거야. 이게 바로 익살과 이야기의 힘이
라고 할 수 있지.

성우 : 저는 세상을 피해 조정에 숨었다는 동방삭의 말에 배꼽
을 잡았어요. 그런데 동방삭도 말을 잘해서 유명해졌으면서,
왜 황제에게 말 잘하는 사람을 멀리해야 한다고 했을까요?

아빠 : 동방삭이 멀리해야 한다고 한 건 뛰어난 말재주를 좋은
데 쓰지 않고, 다른 사람을 헐뜯는 데 골몰하는 자들이야. 말
잘하는 재능을 나쁜 곳에 쓰는 경우를 두고 한 말이지.

성은 : 맞아요. 요즘 인터넷 댓글을 보면 정말 끔찍할 때가 많

아요. 아무 근거도 없이 사람을 의심하고 비난하는 글이 가득한 걸 보면, 정말 말 한 마디가 사람에게 얼마나 상처를 줄 수 있는지 새삼 느껴요.

아빠 : 그래, 아무래도 말은 잘하는 것보다 잘 가려서 하는 게 중요하지.

성우 : 동방삭이 한 말 중에 "자신을 수양하는 일은 어느 때고 그만둘 수 없다."라고 한 대목은 정말 감동적이에요. 인격을 수양하는 일만은 영원한 가치를 갖는다는 뜻이잖아요.

아빠 : 그렇지. 인간의 역사에서 시대를 넘어 영원히 빛나는 가치가 있다면 그건 바로 훌륭한 인격일 거야. 동방삭이 이야기한 태공망도 바로 그런 사람이지. 72세에 문왕을 만나기 전까지 오직 자신을 수양했을 뿐이니까. 설사 그가 문왕을 만나지 못했다고 하더라도 자신의 삶을 후회하지는 않았을 거야. 훌륭한 인격은 영원한 가치를 지니는 법이니까.

영토 없는 임금, 거부들의 이야기
「화식열전」

베옷을 입은 필부로서, 나랏일을 해치지도 않고 백성들을 방해하지도 않으면서 때에 따라 사고팔아 재산을 늘려 부를 이루었으니 지혜로운 사람들조차 이들을 의롭게 여겼다. 그래서 「화식('화'는 재산, '식'은 불어난다는 뜻으로, '화식'이라고 하면 재산을 늘리는 방법을 말함) 열전」을 지었다.

－「태사공 자서」

처음에는 남을 위해, 마지막 천금은 나를 위해

창고가 가득 차야 예절을 알고 의식(衣食)이 풍족해야 예의염치를 안다는 말처럼, 예절도 재물이 있어야 생기고 재물이 없으면 버려지는 법이다. 군자가 부유하게 되면 은혜를 베풀고, 소인이 부유하게 되면 자기가 하고 싶은 일을 한다. 못이 깊어야 물고기가 자라고, 산이 깊어야 짐승이 모이는 것처럼 사람은 부유해야 도덕과 양심이 따라 붙는다.

옛날 월나라 왕 구천은 회계산에서 오나라에 굴욕적인 패배를 당한 뒤, 범려와 스승 계연에게 계책을 물어 나라를 부강하게 하고자 했다. 그때 계연이 이렇게 말했다.

"싸움이 일어날 것을 미리 알면 군비를 튼튼히 갖출 수 있고, 때에 따라 필요한 것을 알면 필요한 물건을 미리 준비할 수 있습니다. 이 두 가지가 분명해지면 온갖 재화가 어떻게 움직이는지 알 수 있습니다. 가뭄이 들면 다음에 홍수가 일어날 것을 알아서 미리 배를 준비해 두고, 홍수가 일어난 뒤에는 미리 수레를 준비해 두는 것이 일에 대처하는 올바른 도리입니다. 6년마다 풍년이 되고 6년마다 가뭄이 들며 12년마다 흉년으로 굶주리게 됩니다. 쌀

값이 지나치게 떨어지면 농민이 힘들게 되고, 너무 오르게 되면 상인이 힘겨워합니다. 농민이 고통을 당하게 되면 농토가 버려지고, 상인이 힘들어지면 재물이 시장에 나오지 않게 됩니다. 쌀값이 일정하게 유지되면 농민과 상인이 다 이롭게 됩니다. 물자를 축적하는 도리는 물건을 완전하게 보존하는 데 있지, 물자를 유통되지 않게 하는 것이 아닙니다. 물건 값이 극도로 높아지면 도리어 헐값이 되고, 극도로 싸지면 도리어 비싸집니다. 그러니 귀한 물건은 내다 팔고 싼 물건을 거두어 들여서, 물건과 돈이 물처럼 자연스럽게 흐르게 해야 합니다."

구천은 그 말에 따라 10년간 나라를 경영했는데, 그 결과 나라가 부강해져 병사들을 후하게 대우할 수 있게 되었다. 그 덕에 월나라 병사들은 화살과 돌이 빗발치는 전쟁터에서도, 마치 목마른 자가 마실 물을 향해 달려들듯 용감하게 싸워 마침내 오나라를 쳐부수었다. 이로써 월나라 왕은 회계산의 치욕을 씻고 패자로 불리게 되었다.

나라를 위해 계연의 계책을 실행에 옮겼던 범려는 월나라가 부강해지자 이렇게 말했다.

"스승님의 계책은 본디 일곱 개였는데, 그중 다섯 개를 써서 월나라를 패자로 만들었다. 이제 남은 계책을 가지고 내 집을 부유하게 하겠다."

이렇게 말한 뒤 범려는 몰래 조각배를 타고 월나라를 떠났다.

그는 도(陶)라는 곳에 이르러 이름까지 '주공'으로 바꾸고 장사에
뛰어들었다. 범려는 도 지방이야말로 천하의 중심이며, 사방의 제
후국과 모두 통하므로 물자를 교역하기에 적합한 곳이라고 여겼
다. 그는 물자가 풍족할 때 축적해 두었다가 적절한 시기에 내다
팔아서 재산을 불리는 방법으로, 19년 동안 세 번이나 천금을 모
았다. 첫 번째와 두 번째의 천금은 모두 가난한 친구들과 먼 친척
들에게 나누어 주었고, 세 번째 천금은 자신을 위해 썼다.

이것이 이른바 군자가 부유하면 은혜를 베푼다는 말에 꼭 맞는
경우라 할 수 있다. 그 뒤 나이가 든 범려는 자손들에게 경영을 맡
겼는데, 그들 또한 아버지의 계책을 따라 마침내 수만 금의 재산
을 모았다. 그래서 부자를 말할 때는 반드시 도주공 범려를 먼저
일컫는 것이다.

백 년을 잘 살려면 덕을 베풀라

농사꾼은 먹을 것을 공급하고, 나무꾼은 목재를 공급하고, 기술자
는 도구를 만들고, 장사꾼은 그런 것들을 사고팔아 유통시킨다.
그래서 농민이 일하지 않으면 먹을 것이 모자라고, 기술자가 일하
지 않으면 도구가 부족해지고, 상인이 교역하지 않으면 식량과 목
재와 물건이 모두 끊어지게 된다.

부는 사람의 본성이기 때문에 배우지 않아도 누구나 바라는 것이다. 용사가 전쟁터에서 성을 공격할 때 맨 먼저 적진으로 돌격하여 적을 물리치고, 적장의 목을 베고 깃발을 빼앗으며 끓는 물이나 타오르는 불길도 마다하지 않는 것은 후한 상을 받아 부유해지는 데 목적이 있기 때문이다. 또 마을의 젊은이들이 지나가는 사람을 공격하여 망치로 때려죽인 다음 묻어 버리며, 사람을 위협하여 간악한 짓을 저지르고, 무덤을 파헤쳐 값진 물건을 훔치거나 돈을 위조하는 일을 저지르는 까닭도 실은 모두 재물을 얻어 부유해지기 위한 것이다.

또 조나라와 정나라의 미인들이 얼굴을 예쁘게 꾸미고, 거문고를 아름답게 연주하며, 긴소매를 나부끼며 춤추어서 눈과 마음을 사로잡고, 천리를 멀다 하지 않고 늙은이나 젊은이를 찾아가는 것도 재물을 쫓아가는 것이다.

또 주살(줄을 매어 쏘는 화살)과 화살로 물고기를 잡고, 새벽과 밤에도 사냥을 하고, 서리와 눈을 맞고도 구덩이와 골짜기를 달리며 맹수의 위험을 피하지 않는 것은 부자가 되어 맛있는 것을 실컷 먹기 위함이다.

도박판을 벌여 얼굴빛을 바꾸고 서로 과시하며 반드시 이기려 애쓰는 것은 돈을 잃지 않기 위해서이고, 의원처럼 기술로 먹고사는 사람들이 자신의 능력을 최대한 끌어내는 것은 후한 보답을 받아 부자가 되기 위해서이며, 농사꾼과 기술자와 상인들이 저축하고 재산을 불리는 데 힘쓰는 것은 본디 부자가 되기를 원하기 때문이다.

전해 오는 말에 이르길 "백 리 밖에 나가서 땔나무를 팔지 말고, 천리 밖에 나가 쌀을 팔지 마라. 1년을 잘살려면 곡식을 심고, 10년을 잘살려면 나무를 심고, 100년을 잘살려면 덕을 베풀라."라고 했다.

만약 집이 가난하고 어버이는 늙었으며 처자식은 연약하여, 철 따라 제사를 지내지 못하고 음식과 의복을 스스로 장만하지도 못하는 어떤 이가 있는데, 그가 아무 일도 하지 않으면서 부끄러운 줄 모른다면, 이는 참으로 한심한 사람이다.

이 때문에 재물이 없는 이는 자신의 노동력으로 먹고살고, 조금 가진 사람은 지혜를 이용하고, 이미 많은 재산을 가진 사람은 때를 잘 보는 것이니, 이것이 부를 얻는 커다란 원칙이다. 생산의 근본인 농업으로 부를 얻는 것이 가장 좋고, 이익을 남기는 상업으로 부자가 되는 것은 그 다음이고, 나쁜 짓으로 부를 얻는 것은 최하이다. 하지만 가난을 벗어나 부자가 되는 방법으로 농업은 기술에 미치지 못하고, 기술은 상업에 미치지 못한다. 그래서 자수를 놓기보다는 시장에 가서 장사하는 것이 낫다고 하는 것이다.

보통 사람들은 상대의 재산이 열 배가 되면 업신여기고, 백 배가 되면 두려워하고, 천 배가 되면 그를 위해 일하고, 만 배가 되면 기꺼이 그의 하인이 된다.

무릇 아끼고 부지런히 일하는 것은 생업을 이어가는 바른 길이지만, 부자들은 반드시 기이한 방법을 쓴다. 농사는 부를 쌓는 데 좋은 방법이 아니지만 진양은 그로써 거부가 되었고, 무덤을 파는 것은 올바른 일이 아니지만 전숙은 그로써 몸을 일으켰고, 도박은 나쁜 일이지만 환발은 그것으로 부자가 되었다.

행상은 장부로서는 천한 일이라 하지만 옹낙성은 그로써 풍요로운 삶을 얻었고, 기름 파는 일은 욕된 일이라 하지만 옹백은 그것으로 천금을 쌓았고, 물장사는 하찮은 일이지만 장씨는 천만을 얻었다.

칼 가는 일은 하찮은 기술이지만 질씨는 그로써 거부가 되었고, 내장을 파는 일은 미천한 일이지만 탁씨는 그로써 말탄 호위병을 거느렸고, 말을 치료하는 처방은 대단찮은 의술이지만 장리는 그로써 부자가 되었으니, 이것은 모두 한결같이 장사에 힘을 쏟은 결과다.

이처럼 부를 이루는 데는 일정한 직업이 없고, 재물에는 주인이 따로 있는 것이 아니다. 뛰어난 자에게는 재물이 모여들고, 어리석은 자에게는 재물이 흩어진다. 천금을 지닌 재산가는 한 도시의 군주와 견줄 수 있고 거금을 가진 부자는 왕과 같은 즐거움을 누린다. 나라에서 하사 받은 땅도 없고 거기서 나오는 수입도 없지

만, 왕과 같은 재산을 지니고 그들과 같은 즐거움을 누리니, 이들
이야말로 '봉토 없는 제후〔소봉素封〕'라고 부를 수 있지 않겠는가.

· 사 기 를 묻 다 ·

부자의 자격

성은 : 아빠, 부를 쌓는 게 사람의 본성이라는 말이 정말 맞나
요? 사람들은 누구나 부자가 되고 싶어 하지만, 그런 마음을
나쁜 욕심으로 여겨서 부끄럽게 생각하기도 하잖아요.

아빠 : 사람이 부를 쌓고 싶어 하는 마음은, 짐승들이 살기 위
해 먹을 것을 찾거나 자식을 돌보려고 위험을 무릅쓰는 마음
과 다르지 않다고 생각해. 그러니까 부를 쌓으려는 본성은 자
연스럽고, 어떤 면에서는 살아 있는 자의 본능이라고도 볼 수
있지. 그런데 살기 위해 꼭 필요한 정도와 그 이상의 경계가
모호한 것 같구나.

성우 : 아, 그래서 범려가 부자가 됐을 때, 먼저 남에게 베풀고

나중에 자기를 챙긴 게 아름답게 보이는 거군요?

아빠 : 그래. 남의 필요와 어려움을 먼저 헤아리는 마음, 이런 성품을 갖춘 사람이라면 부자가 될 자격이 있겠지.

성은 : 빌 게이츠 같은 사람은 부자이면서도 자기가 가진 것을 기꺼이 나눌 줄 알았기 때문에 사람들의 존경을 받잖아요.

아빠 : 그렇지. 우리 나라에도 그런 사람들이 있단다. 자신의 모든 재산을 공익재단에 기부한 유일한 박사 같은 분은 지금까지 많은 사람의 존경을 받고 있어. 그리고 전통 시대에는 경주 최 부자 같은 이들을 꼽을 수 있어. 그런데 최근에는 오히려 부자들의 기부에 의존하여 부를 재분배하는 것은 바람직하지 않다고 하는 주장이 있어. 그들은 국가가 부자들에게 세금을 더 많이 거두어들인 다음, 복지 정책을 통해 부를 재분배하는 것이 옳다고 주장해.

성우 : 아빠, 저는 "1년을 잘살려면 곡식을 심고, 10년을 잘살려면 나무를 심고, 100년을 잘살려면 덕을 베풀라!" 라는 구절이 좋아요.

아빠 : 하하, 우리 성우도 큰 부자가 되고 싶은 모양이구나. 사마천은 "부를 이루는 데는 일정한 직업이 없고 재물에는 주인이 따로 있는 것이 아니다. 뛰어난 자에게는 재물이 모여들고 어리석은 자에게는 재물이 흩어진다."라고 했지. 하지만 『대학』이라는 책에는 "재물을 흩어 버리면 사람이 모이고 재물을 긁어모으면 사람이 흩어진다."고 했어. 만약 『대학』의 말이 맞다면, 재물과 사람은 서로 반비례 관계에 있지. 그렇다면 재물을 선택할 것인지 사람을 선택할 것인지 고민해 봐야 할 거야.

성은 : 아빠, 사마천은 『사기열전』을 부자 이야기로 끝맺은 거예요?

아빠 : 그래. 우리 성은이 참 예리하다. 사마천은 처음에 백이 숙제 이야기로 시작했지? 백이 숙제는 모든 사람이 이익을 따를 때 홀로 의리를 지키다 굶어 죽었지. 그런데 마지막 편은 이익을 삶의 최우선 목표로 삼은 부자들의 이야기를 썼어. 사마천이 「백이 열전」을 맨 앞에 둔 것은 개인의 삶이나 역사에서나 의로움이야말로 가장 아름다운 힘을 발휘한다는 뜻을 전하고 싶어서가 아닐까?